聞き手・西靖、
道なき道をおもしろく。

表紙絵　下田昌克
装丁・デザイン　田中直美

はじめに

こんにちは。西靖です。毎日放送のアナウンサーです。

この本は対談集です。お相手は7人。聞き手は私。「7人のトップランナー」とか、「現代の七賢」などと謳《うた》えば響きは勇ましいのでしょうが、ちょっと趣が違います。トップランナーというと、つまりそれは「レース」です。他より優れている。他より才能がある。他にないメソッド、スキルで、優れた結果を出している。そういう人から話を聞くのももちろん楽しいでしょう。参考になることもたくさんあるはずです。

でも、本書はそういうものではありません。

というと今度は「なるほど、ナンバーワンよりオンリーワンですね」という話になるわけですけど、そういうのともちょっと違います。ナンバーワンでなければならないとか、オンリーワンでなければ意味がないとか、そもそもそういう「でなければならない」が、この本に出てくる人にはありません。

成功譚《たん》でもなければ、立志伝でもない。ではいったいどんな人が出てくるのか。

「楽しそうな7人」

あえてくるとすればそうなるでしょうか。この本には、結果としてオンリーワンになった和紙アーティストもいれば、出版界を再生させようと体当たりを続けている編集者兼経営者、国宝や重要文化財の修復をする会社のイギリス人経営者など、実にさまざまな人たちが登場します。

そして彼らの共通点は、「楽しそう」であることとです。

歯を食いしばっているトップランナーより、孤高のオンリーワンより、楽しそうに仕事している人の話を聞きたいと思いませんか？　私はそう思います。そう思って、この7人との対談にわくわくしながら臨みました。

会ってみたら、やっぱりそうでした。本当にニコニコと上機嫌に仕事をしている人もいますし、キリリとした目の奥に何かを企むような輝きのある人もいます。壁にぶつかったときに「うわぁ、アカンか〜。ほな、次どうする？」と笑顔で言える人もいました。眉根にしわを寄せるだけが真剣な仕事ではないと、彼らの顔を見ていると感じます。

お膳立てされた競技コースをひた走るのではなく、そんなコースから外れて「道のないところ」をひとりで歩いたり走ったりしているということ。その足取りが実に楽しそうで、おもしろそうなのです。


そんなわけで、彼ら7人との対談を1冊にまとめたら、いろんなジャンルの仕事の話が聞けると同時に、「おもしろく」生きている人はどんなことを考えているのかということも教えてもらえる、たいへんお得な本になりました。

きっとその温かい波動のようなものを、この本から感じてもらえるはずです。タイトルにもそういうニュアンスを込めました。

将来について考える中高生には参考書として、仕事との向き合い方を考えてしまう中間管理職の方には目線を変えるヒントとして、十分に人生経験を積んだ方には、違う人生を仮想体験できる読み物として、楽しんでいただけることと思います。

目次

「行き当たりばっちり」
「愛情をもって図々しく」
この二つが大事ですね。

谷尻誠さん

建築家／SUPPOSE DESIGN OFFICE 代表取締役

たにじり・まこと

1974年広島県生まれ。穴吹デザイン専門学校卒業後、建築設計事務所を経て2000年に［SUPPOSE DESIGN OFFICE］設立。共同代表の吉田愛とともにこれまで手掛けた作品は住宅だけでも100を優に超え、2010年ミラノサローネでの光のインスタレーション〈Luceste : TOSHIBA LED LIGHTING〉や〈まちの保育園 キディ湘南C/X〉など公共施設のインテリアデザインの仕事も行う。「建築をベースに新しい考え方や、新しい建物、新しい関係を発見していくこと」を自身の仕事としている。現在、大阪芸術大学准教授、武蔵美術大学非常勤講師、穴吹デザイン専門学校非常勤講師、広島女学院大学客員教授。著書に『1000%の建築』（エクスナレッジ）、『談談妄想』（ハースト婦人画報社）ほか。

いわゆる「人たらし」だと思う。

15分のスピーチを聞いただけで、もう一度会ってみたいと思い、機会があれば一緒に飯を食って、酒を飲んでみたいと思い、あまつさえこの人に家の設計を頼んだらどうなるのだろうというところまで考えてしまった。いまも活動の拠点である広島のアクセントでの飄々とした話し方は、卓越したセンスと数々の実績をもつ人だということを忘れさせ、昔から友達だったかのような気分にさせてしまう。しかも、自分の知り合いに「なあ、俺の友達に（まだ友達ではないけど）めちゃおもしろい人がいるねん」と吹聴したくなる。

でも、抜群に話がおもしろいというだけでは、ここまでまわりの人を引きつけるには足りない。

建築家の谷尻さんにはそれ以外の何かがあるような気もする。もう一度会って、確かめてみたかったのはそこだ。つまり、親しみやすさの塊のようなその人柄は、まるまる素の人柄なのか、計算しつくして自分を演出しているのか。その塩梅とか境目みたいなものを見つけてみたい。そんなことを企みながら、東京の谷尻さんのオフィスに足を運んだ。オフィスは古いマンションの中を大胆にリノベーションした空間だった。

です。

「性格の悪さ」功を奏す

谷尻　僕の席はないんですよ。ここだけじゃなくて、広島の事務所も。このほうがスタッフが話しに来やすいと思って。仕事はどこでもできますから、気分によって移動するんです。

西　広島の事務所では定期的にトークイベントを行っているそうですね。

谷尻　次回は、（2020年東京オリンピック会場となる）新国立競技場建設のコンペに敗れた建築家の伊東豊雄さんをお呼びしているので、経緯とかいろいろ、土足で入っていって聞こうと思っています。じゃないとおもしろくないですもんね。

西　そのトークイベントにはホリエモンなんかも登場されていましたよね。その人脈はどうやって？

谷尻　紹介とかですね。おもしろい人に知り合うと、その周りにはおもしろい人がいる。僕は有名な方を有名人扱いしないから仲良くなれるのかも。気も使わない。気を使われると気遣い返しをしないとダメじゃないですか。そうじゃなくて、普通にしようっていうふうに気遣いします（笑）。

西　気遣いと気遣い返しをしている無駄な応酬をもうやめようと。わかっててもなかなかできないですよ。自由にふるまうって意外に難しい。ご本の『１０００％の建築』にちらっと書かれていましたけど、こと建築に関しては条件や制約があるほうがやりやすいと。

谷尻　自由につくりたい、とどこかで思ってはいるんですけど、何でもいいよっていう環境で自由にやってもそれは違うだろうと。制約があるからこそ、クリアした時に自由になった！っていう感覚が生まれるわけですよね。元から自由なのに自由なモノはつくれないので、条件があったほうが本当の意味での〝自由〟が見つけられるような気がしています。

西　枠があるからこそ、枠から出た時の自由感や達成感がある。わかる気もするんですけど、僕は基本的に枠があったら、その枠の中でなんとかしようっていう性質なんですよ。

谷尻　ここに「あ」って書いてみてください。

西　「あ」ですか？（言われた通り書いてみる）

谷尻　僕はこの紙に四角を描きましたけど、その四角の枠の中に「あ」を書いてくれなんて言ってないですよ。

西　やっぱりそうきましたか（笑）。

谷尻　企てに乗っていただいてありがとうございます。ただ、この場合、別にこのページに書いてもいいし、違う紙に書いてもいいし、このペンで書かなくてもいい。要するに「あ」について考える方法論が沢山あるのに、いまみたいにペンを渡されると、「他のペンで書かない」っていう罠にはまってしまうことが多い。そこを、違うペンで書いたほうがいいでしょとリードすると、「確かにね」と相手がこちら側に寝返ってくれる。そんなことがやりたいんですよね。

だから性格が悪くないともうひとつ別のペンは見つけられない。世の中のほとんどの人は性格がいいので、このペンを渡されるとこのペンで書くわけですよ。でも僕はもっといいペンがどこかにないかなと考える。その性格の悪さが功を奏しているんです。

「行き当たりばっちり」の条件

西　谷尻さんは子どものころからそんな感じだったんですか？「うめきた未来会議MIQS」の時、3月の早生まれがコンプレックスだったと話していましたよね。3月生まれと4月生まれでは1年違う。幼稚園や小学校時代、その差は大きいと。

谷尻　そのこともあったから、ひねくれた子どもだったと思います。頭も成長も1年遅れ、その差を克服しようといくら頑張っても無理。だとしたら同じことをしても仕方ないよとなって、半分ふてくされながら人と違うことをしようと。

それって幼い頃はただの反抗なんですけど、大人になると同じフィールドで人と違うものを見つけて戦えないと勝てない。そのことに気づいたから僕は性格の悪さを、むしろプラスに生かす方向で考えられるようになったと思いますね。

西　そもそも、そういう枠を広げたり捉え方を変えたりという考え方のステージから建築を選んだのか、そうではなくて建築そのものが好きで、自分の性格の悪さが幸いして相乗効果を生んでいるのか、その辺はどうなんでしょう？

谷尻　高校時代、学校では寝ているかサボっているか。夕方になるとバスケットボール部の練習だけには出るっていう学生でした。大学進学ならバスケットでという推薦の話もあったんです。でもバスケットで行くなら体育大学しかないから、そうすると体育の先生にしかなれない。いまとなっては単なる思い違いなんですけど当時は真剣にそう思っていた。体育の先生になりたいわけじゃない、一方でまだ遊びたいから就職するのもイヤ。まともに勉強していないから他の大学へも行けないしと悩んだ結果、専門学校に行くことにしたんです。2年の猶予をもらおうという作戦。

当時『ツルモク独身寮』っていう漫画があって（家具会社の独身寮を舞台にした窪之内英策のラブコメ漫画。『ビッグコミックスピリッツ』誌で１９８８〜91年連載）。それを読んだ時、「インテリアデザイナーってめっちゃカッコいいじゃん」と思ったんですよね。とりあえずそんな感じで専門学校を選びました。

西　でも、人生そういうもんかもしれないって今回この本をつくるためにいろいろな方にお話を伺ううちに、本当にそう思えてきました。ビカビカッと啓示みたいなものが降りてきて、「俺は建築家になる！」とか「私は絶対女性社長になる！」とか強い意志をもって突き進むなんて人は少なくて。流れとか、なりゆきとか思いつきとかって、人生の中で我々が思っている以上にデカいんじゃないかっていう気がするんです。

谷尻　僕はいつも「行き当たりばっちり」と言っています(笑)。ただ、それは偶然とか運がいいことを言っているわけではなくて、行き当たりばっちりになるためには、その偶然のタイミングに乗っかれるだけのことを普段から考えてなければいけない。行き当たりなんですけど、その行き当たった時に瞬間的に対応できる筋力か思考なのかを身につけておく必要がある。普段、鍛えている人は行き当たった時にその力が発揮されるから、ばっちりになる。でも普段何も考えていない人は、行き当たった時はその偶然に身を任せるしかない。

勘が働くと言いますけど、右か左かを選ばなくちゃいけない場合、普段何も考えていない人がサイコロを転がすみたいに右を選んでも、当たる確率は半々。日頃から物事を注意深く見ている人なら、その確率はもっと上げていけるだろうと。目利きってそういうこと

渋谷の東京事務所にて。谷尻さんの前には社員の机が並び、それぞれが黙々と仕事をこなす感じ（P6）だが、よくある「代表の机と椅子」みたいなものはない。一角には仮眠用の小部屋も用意

じゃないですかね？

会社を辞め、自転車レースに没頭

西　ということは、専門学校を選んだ時にもそういう考え方の作用が働いていた？

谷尻　その頃は、何にも考えてなかったです。適当に生きていました。

西　ではいつ頃からそういう思考というかメソッドは確立されたんでしょうか？

谷尻　16年前、26歳で独立して以降ですかね。独立するまではなんとなく生きていければいいなあと思っていました。

でも、そもそも独立したいと思ってそうしたわけじゃない。前の事務所にいた時に、不景気で給料が何か月か貰えなくなったんですよ。その頃ちょうど自転車レースにハマっていたので、どうせお金もらえないならいい機会だから辞めて、1年間はレースに注力しようと思ったんです。

西　それっていい機会ですか!?　26歳で会社の調子が悪くて給料が出ないことを、辞めるいい機会ととらえる人っていないです(笑)。

谷尻　本当ですか（笑）。でも26歳の若さなら、人生長いんだから自転車レースに没頭する1年があってもいいと。40歳になったらできないだろうから、明確に目の前にあるいま一番自分がやりたいことをやろうと。図面を描くバイトとかしながら、ダウンヒルレースに出ようって思えたんですよね。

西　そこに僕のような考えの古い、オッサンが出てきて、「おい誠、ダウンヒルでは飯は食えんぞ。人生何やと思てんねん」とか言われていたらどう返事するんですか？

谷尻　会社に勤めていたとしても、ご飯を食べていける保証はないですよね。何をやっていても自分の問題。だったら、やりたいことをやっているほうがよくないですか？

西　いいですねえ（笑）。1年間レースに出ながら暮らせるくらいの貯金なんかは？

谷尻　なかったです。

西　どうやって食べていたんですか？

谷尻　まず自分の家を引き払って、同棲したてのカップルの家に居候させてもらいました。2階が空いているから来てもいいよって言われて……。冗談のつもりだったかもしれないけど、じゃあって、半年お世話になりました。めっちゃ楽しかったです。向こうはどうかわかんないですけど（笑）。昼は自転車、夜は焼鳥屋でバイトの生活。

西　そのダウンヒルの日々を、よし卒業しようと思ったタイミングは？

谷尻　ずっと下請けで図面は描いていたんですけど、元請け先に、もっとこうしたほうがよいと、提案したりしていたんです。僕もたいしてわかってはいなかったんだけど、元請けの設計があんまりカッコいいと思えなかったから。そしたら、生意気なうえに納期も守らないと仕事が全部なくなったんです（笑）。

西　（爆笑）僕ね、ここからいよいよサクセス・ストーリーがはじまるんや、と思って聞いていたんですよ。下請けの若い建築家がいろいろと提案するようになって、「お、こいつなかなか見どころがあるぞ」と認められるようになり、やがて……と。なんと、仕事なくなったんですか（笑）。

カフェの設計はカフェに聞け

谷尻　それで夜は焼鳥屋でバイトを続けて、朝は山で自転車の練習をして、昼はヒマなので自転車で街をぶらぶら。はじめはいろんな人に会って、だべってるだけだったんですけど、街の情報が手に入るようになって、店を出す人なんかを紹介してもらえた。店舗の設計ってやったことなかったんですけど、「すごい得意です！」とか言ってとりあえず仕事を取りました。その後、カフェの設計も受けて。カフェってどうやってつくるのかを、カフェで店の人から教えてもらったり。

西　カフェ建築について建築家に聞くんじゃなくて、カフェで聞くところが、実に谷尻さんらしい。でも「できます！」って言うんですよね（笑）。

谷尻　だって建築家の安藤忠雄さんも生まれた時から美術館をつくれたわけじゃない。最初は美術館とはどういうものなんだろうって調べたはず。それと一緒だなと思ったんです。

西　それにしても、建築の下請けをしていて、それもクビになり、街をぶらぶらして人とだべってる時、「俺の将来、これで大丈夫か」と不安に感じることはなかったのでしょうか？

谷尻　それが、めっちゃ楽しかったんです！　だって夜働いていて、普通に生活できましたし。これで昼もぶらぶらせずに働けば、けっこう稼げちゃうなと思った。

西　でも焼鳥屋でバイトして、昼はぶらぶらしてる若造によく設計の仕事を発注してくれる人がいましたね。

谷尻　「いままでの作品を見せて」と言われましたけど、まあ、ちゃんとやります、みたいな感じで（笑）。それでカフェをつくると、わりと好評でまた違う人を紹介してもらったり、というのが建築家としての出発点です。

西　それが広島のことですよね。で、一念発起して「よし、俺は建築で食っていくぞ！」というターニングポイントになったということでしょうか？

谷尻　いや、その時もまだ別に「建築で食っていくぞ」とは思っていないんですよ。夜のバイトに加え、店を設計したりするとお金が入ってくる。だんだん収入が増えるから、これでまあいいかと。建築の仕事がなくても焼鳥屋という保険がかかっているから。

西　ほんと、ポジティブですね。悩んだりはしないんですか？

身近な人間との死別

谷尻　バカなんでしょうね。基本的にポジティブだし、深く悩んだことってないんですよ。もちろん瞬間的には悩むんですけど、悩んでいること自体が無駄だなあと思うんです。悩んで解決するんだったら悩むけど……。

西　解決策はなくとも、でもその現実に割り切れないから悩むんです、僕らは（笑）。たとえば「がんです。３か月後に命は終わります」って言われたら、悩んでもがんは治らないけれど悩むんです。割り切れないから。

谷尻　僕も割り切れないとは思うんですよ。でも、どうしようもない。そこで自分が悩んでも、何も変わらないじゃないですか。せっかくなら旅に出るとか。わかんないですけど、いまやれることをやって死んだほうがいい気がしますね。

西　ラテン系というか、およそ日本人らしからぬメンタルの持ち主ですよね。人生、心配性で生きている僕としては、驚愕するばかりです。

谷尻　悩んでいる自分が嫌なんですよ。悩んでもいいことは起きそうにないから。とはいえ、僕は大学も行かずに建築をやっているから、大学に行って師匠にも学んで独立して、という人じゃないと雑誌には出られないんだなって思ったことも一時あって。建築の大学とかに行っておけばと、人を羨んだことはありました。

西　その羨ましさは、いまも心の中で続いていますか？

谷尻　いまはありません。本にも書きましたけど、後輩が僕の家に来る途中に交通事故で亡くなったんです。27歳の時。僕はひとりっ子なんですけど、その後輩は週に3、4日はうちで晩飯をたかるようなヤツで、弟みたいな存在だったんですけど、突然いなくなってしまった。悲しくて、すべてが面倒くさいというか嫌になりました。

　その後、のらりくらり仕事をしている時、たまたまある設計会社の社長から、「その後輩は、これ以上辛いことはお前の人生にはないことを身をもって教えてくれたんだ。だから頑張らないとダメなんじゃないか」って言われたんですよ。それを聞いて、確かに自分の生活の中でここまで悲しむことはもうないなって思ったんです。彼はそれを自分の命で僕に教えてくれた。ということは、これからは乗り越えられることしか起こらないということ。

そこからですね、建築家をやるんだったら、もう少し本気でやってみようと思うようになったのは。

閉じられた「建築」に風穴を

谷尻　ＭＩＱＳで高校のバスケットボール部時代に、３ポイントシュートのポジションからさらに1メートル離れて、敵のいない位置からシュートを成功させるテクニックを身につけることで、得点を量産したという話をしたと思うんです。あの視点は建築業界にも置き換えられる。

学閥的な側面もある建築業界を少し離れた位置から見ると、建物をつくることはみんなの環境をつくることなのに、建築の世界ってすごく閉じていて。普通に生活している人が建築家に設計を頼めるかっていうと、お金もかかりそう。「先生、先生」と呼ばれて、建築はあくまで作品、みたいな風潮がまだあった。だったら、そうじゃない建築家がいてもいいのではと思ったんです。だから僕は、建築がわかりやすくて、しかもすばらしいことを伝えたい。だってそれを業界の彼らはやっていないから。

西　谷尻さんが思う、建築という仕事の魅力って何ですか？

谷尻　たとえば食事をしに行って「美味しい」と思った時、素材や料理法はもちろん、ライティング、空間、音楽、接客、いろんなものがその美味しさを支えているわけです。ライブに行っても、何をやっていても、空間があって音があって匂いがあって……建築をやっていると、どこにいても何をしていても自分の仕事と無縁ではないから興味深くいられる。すごい職業だな、他にそういう職業ってあるのかなと。

つまり、遊んでいても仕事をしているって言える(笑)。それは意識的に遊ぶことだと思うんですけど、なんでみんなライブでこんなに踊っているんだろう、思わず踊ってしまうこの空間の原理って何だろうとか考えながら、僕も踊る。で、その原理がわかると、次は人が踊ってしまう場所が設計できるわけです。

西　どんな情報が入ってきても建築に落とし込める。とは言いつつも、「ハッ、いま何も考えてなかったわ」と、我を忘れて楽しむことってありません？

谷尻　あります、あります！　そういう時は、じゃあなぜ我を忘れて楽しんだのかについて後で考えます。

西　食事をしていても旅行をしていても、つねに考える。意識することに疲れはしませんか？

谷尻　意識の先には無意識があると思っていて。小学生の時に、速く走るためには手を速く振れって学校で習ったんですよ。そうすると「手を速く振ろう」と思って走る。そのうち意識しなくても手を速く振れるようになる。それと同じで、普段から物事を意識して見ようとする行為を続けていると、無意識的に見る癖がつく。自然と「これってこういうことかな」って感覚がデフォルトになるんだと思います。

愛情のない「丁寧さ」はダメ

西　そんな谷尻さんから見ると、僕ら世の中の多くの人間はふわっと生きているなあって思いませんか？　僕なんて、本当に何も考えてない時間がけっこうあるし、楽しい時間のあとで、なぜ楽しかったのかなんて考察も、まあしませんよ。

谷尻　でもそれはそれで楽しめているってことですもんね。僕は職業柄、生かしたほうがいいなって思っているだけです。だって誰も考えないから、僕は考察して、こういう場所をつくると楽しめますよってことが論理的に説明できるわけ。同じ手法をみなさんがやると、僕の存在意義がなくなるので、世の中の人はあまり考えずにいてほしいです（笑）。

西　でも、谷尻さんのこの方法、本に書いちゃいますから、世の中の人にばれてしまいます。

谷尻　それはそれでいいんです。いくら真似しても、やる人が違うから同じにはならないですから。バッハと同じピアノを手に入れたら、バッハ並みに弾けるかって言ったらそうじゃないし、魚をさばくのが上手い人と同じ包丁を持ったって同じようにはさばけない。それは各人の能力の問題なので、方法論がわかってもできないと思います。

西　谷尻メソッドというか、いろんなものを分析して建築に落とし込むという普段の思考トレーニングがあるとして、それ以外に自分の能力とか才能に対しての自信ってありますか？

谷尻　建築の才能があるかないかは別として、人と仲良くなる才能はあります。だから、依頼したいと思ってもらえるんだと思いますよ。愛情をもって、図々しく。これが人の懐に入る方法論かな。

思いついたアイデアやto do項目を書き込むため、
常に携帯しているノート。気軽に見せてくれたが、
発想の宝庫に違いない

西　愛情をもって図々しく、同棲しているカップルの家の2階に上がり込むという。僕には、絶対できないですわ。でも愛情のない丁寧さより絶対いい。

谷尻　愛情のない丁寧さってすごいダメな感じがする(笑)。

広島ではじめたから広島に

西　谷尻さんは広島生まれですよね。いまもメインの事務所は広島で、スタッフも現地採用。広島出身は仕事に影響していますか?

谷尻　広島ではじめたから広島でやればいいかなって。東京に来ると便利ですけど、それはそれでいいことばかりではない気もする。便利すぎるゆえにいろんなことがどんどん行き詰まっていく。

「地方と2拠点でいいですね」とか言われるんですけど、いや広島がメインだし、みたいなところはありますよ。別に東京が中心で、地方が周辺じゃなくて、僕にとっては広島が中心という感覚もある。東京ってエキサイティングな街なので、広島にいると会えないおもしろい人にもたくさん会える。だからそういう利点は東京で頂戴して、広島は広島の時間があるっていうのが、自分にとってはすごくいい。全部が東京になっちゃうと、麻痺しちゃいそうですし。

西　わかります。

谷尻　僕の父親は新潟生まれで、広島に婿に来たんです。で、母親と母方の祖母の4人暮らしだったんですけど、母親が小1の時にいなくなって……。学校から帰ったらいなくて。で、おばあちゃんに聞いたけど、「どうかねえ」みたいにはぐらかされて。それ以来一度も聞いたことないんですよ。子どもながらに何となく聞いちゃいけないってことを察したというか。で、おばあちゃんと父親と僕、3人でずっと暮らしていました。

父親はおばあちゃんをすごく大事にしていた。お風呂にもいつも入れてあげて、休みの日におばあちゃんが「きのこ狩り行きたい」って言ったら連れていって。そういう変な家だったけど、おばあちゃんはしつけにうるさくて、父親は人に迷惑をかけなければ何をやってもいいと。でもおばあちゃんに反抗すると父親にシバかれる。とにかく礼儀正しく自分のことは自分でやりなさいと育てられました。

広い家で、五右衛門風呂があったり、家の中で傘をささないと台所に行けないとか、あらゆるところが不便だったけど、工夫をして生活していたことから自主性が生まれた。どうやって住むかっていう住まい手の意志が必要だった。うちは放任主義で、小さい時から何でも自己責任。だから生きていくための力と方向性を教えてもらえたのでは、と思います。

不便でも愛着がわく家を

西 五右衛門風呂のように手のかかるものを使っていたことは、いまの仕事に影響を与えたりしていますか？

谷尻 すごくあります。不便な家が設計できるんです(笑)。多くの人は便利な家を求めるわけです。でも便利な家って、住まい手が考えなくていい家なんですよ。すごく不便な家は、住まい手が工夫しないと使えないけど、もし工夫に成功したら、きっとその人は自慢すると思う。でも便利な家って東京のような都会もそうだけど、自慢するところがない。

どっちの家が愛着をもって住まわれているんだろうって思った時、少し不便だけど好きって家のほうが大事にしてもらえる気がする。その心地よい〝不便さ〟がわかるのは、不便な家に住んで使いこなしていたという経験があるから。人がどういう時に家に愛着をもつかを知っているから。

西　うんうん、「こうしてやらなこいつ動かへん」って、自分のバイクに人格のようなものを感じることあります、僕も。

谷尻　多くの人が、「この車しょっちゅう故障するんだよ。だから俺しか乗れない」って自慢するんです。逆に、故障しない普通にちゃんと走ってくれる車のことを自慢する人ってあんまり聞いたことがない。それと住宅は近い気がします。

故障もクレームも少ない車は大メーカーさんが作っているから、そういう車がほしければそっちで買ってくださいと。それよりも他の人には乗りにくいかもしれないけれど、あなただったら乗りこなせますっていう家を設計できるのが僕らだと思うんですよ。

西　ただ、住まい手の工夫が必要な家は、先ほど僕がバイクに例えたからってわけでもないけれども、男はみんな好きですよね。手のかかるものとか、自分しか使いこなせないもの。でも嫁さんに「マニュアルの車買っていい？」って聞いたら「めんどくさいやん。アホちゃう」と一蹴されたりする(笑)。ちょっと手間っていう要素に対しては、男女で温度差があると思うんですけど。

谷尻　お客さんの奥さんには嫌われることが多いですね。でも、うちに頼んでくる人たちって、旦那さんが主導だとか女性主導だとしても男っぽいとか、そういう人が多い。

依頼者に「一番大事なものは？」と

西　谷尻さんに話を持ってくるということは、ある意味わかっているというか、優先順位として住みやすさ以外の何かを求めていて「こういうことがしてみたい」「不便を承知で言うんだけど」ってお客さんが多いんでしょうね。

谷尻　迷子になって来る人もいますよ(笑)。便利でカッコよくて、バランスも取れている家がほしいって。でもそれは、「せっかくいいお肉があるのに、調味料とか野菜、いろんなものをどんどん加えてしまい、結果的に一番大事な肉を塩だけで食べればよかったのに……って後悔するような家をつくることなんですよ！」って説明してあげるんですけどね。「何が大事なんですか、調味料なんですか？　野菜ですか？　魚ですか？」って聞いたら「やっぱり肉です」と。「ならば、こういうのは要らないですよね」とひとつひとつ整理していく感じです。

僕は威厳のあるタイプじゃないので、お客さんの意向や希望をいろいろと聞いて、じゃあこうしましょうか、と提案をする。自分のアイデアを買ってもらうというよりは、向こうから引き出したものを我々のフィルターを通すとこんなかたちになりますけど、どうですかと。

西　僕ら素人は建築家にオーダーすると全部かなえてくれそうな気がするんですよ。

谷尻　そうかもしれないですが、ありえない。基本的にお客さんは予算が３０００万だと言っても、やっぱり４０００万、５０００万の要求をしますからね。だけど、５００円だけ持ってラーメン屋に行ってもチャーシューメンは頼めないでしょう？

で、どうしますかってなった時、「じゃあ麺を半分にしてでもチャーシューを入れる」にするとか。そういうことは考えられる余地はあると思うんですけど、譲歩もなしに相談はできない。「３０００万円でできますか」と聞かれたら、「３０００万円でできる要望になら応えます」としか言えない。

西　便利な家に住みたいと思っている人のなかには、子どもの頃、五右衛門風呂のある家に住んでいて、薪を割ってくべて、という生活をしていて、そんなことをしなくていい家に住みたいという思いがあると思うんですよ。進歩って、便利になるってことでしょ、というのがベースにありますから。でも谷尻さんは手間のかかる家こそ自慢できる家、という発想になっているのがおもしろい。とはいえ、世の中はどんどん便利で選択肢が多くなって、言うなれば肉はもちろん魚も野菜もほしいっていう方向に間違いなく行っていきます。そういう要望を持ってくるお客さんは来ないのでしょうか？

谷尻　います！　その辺は最初にざっくばらんに話をさせていただきます。「何だこいつ生意気だなあ」って思われることもありますし、ただ言うことを聞いてほしいのであれば、他の設計者に頼んでもらえばいいですし。「確かにそうかもね」となって自分の人生に向き合ってくださる人は、頼んでくれるかもしれない。
僕はお客さんのためになることを言っているつもり。考えてみてくださいと。で、言われた通りをロボットのように実現するだけだったら、僕じゃなくてもできるので、他の人に頼んでくださいって。

「予想通り」は退屈

西　谷尻さんはどんな家に住んでいらっしゃるんですか？

谷尻　賃貸です。東京は１ＬＤＫですけど、広島はほぼワンルーム。便利でなくてもいいと思っていますし、大事なのは自分が好きな場所にいられるかっていうことのほう。どうやったら自分がこの空間に愛着がもてるかとか。どんなふうに人に説明できるのかとかが大事。ちなみに１２０平米ワンルーム。部屋全体が隅から隅まで見渡せるんですよ。

西　ほお〜。

写真：SUPPOSE DESIGN OFFICE

上／ノスタルジックな雰囲気が漂うビルの最奥に事務所がある。さりげなく掲げられた事務所名にも何だか深いものを感じてしまった

下／広島での名物イベント「THINK」。第62回目は雑誌『R25』『TRANSIT』などのアートディレクター・尾原史和さんがゲスト。雰囲気は２人の顔と、質問者の背中でわかります

上／事務所の片隅にはH形鋼やチャンネル（溝形鋼）を利用した一輪挿し（WEBで購入可）が。どんなものでも素敵に見せる術を持っていそう

下／谷尻さんがアイデアノートに四角を書き込み、西にパス。するとまんまと四角の中に「あ」を書いてしまった……

谷尻　ってなりますよね。じゃあ、120平米4LDKは？

西　まあ普通ですよね。

谷尻　そうなんです。もともと4LDKだった物件を、和室だけ残して解体したんです。そうすると廃墟みたいなところに和室だけがある変な空間になった。その「変さ」がいいというか、きれいにつくった部分とそうではない部分の対比によって、見たことないけどなんかいいかもねっていう空間ができる。新しい化学反応が起きると思うんですよ。全部きれいにしてしまうと、自分たちが支配できる空間だけで終わってしまうので、それは予想通りでしかない。「予想通り」ほど人を感動させないものはないんですよ。

感動するためには、予想外が必要。そこに矛盾が同居していることが大事だっていつも言うんですけど、なんでこうなっているのかなと思えるところが価値。僕は広島にいないことも多いので、その120平米の部屋には知人にゲストルーム感覚で泊まってもらうんです。たとえばホテルで100万円払ってスイートルームを取っても、ひと部屋で120平米の空間が体験できるところは世界中探してもなかなかない。その体験は何より人の気持ちに残ると思う。それこそが高級な価値じゃないですか？　僕はそういう空間体験をさせたいと思っています。

西　僕だったら絶対人に言いふらしますね。「こないだ120平米のワンルームに泊まったわ」って。

谷尻　男性のスタッフに冗談で言うんですけど、女の子に最初のプレゼントをする時は1万円の指輪じゃなく、1万円の靴下をあげろ、と(笑)。そういうことをしてくれる男性はユーモアがあって驚かせてくれて、一生この人といてもいいかなって思ってくれるはず。靴下は何百円で買えるという前提があるから、1万円の靴下って何?となるわけです。

矛盾こそ一番人を驚かせたり感動させたりする要素。だから相反するものを同居させる。これは自分のなかでかなり重要なキーワードです。

西　ところで東京事務所を構えるこちらのマンションも雰囲気のある建物ですね。建築家の事務所だから、「いかにも」なマンションかと思っていたけど、よい意味で裏切られました。築何年ですか?

谷尻　40年ちょっとくらいですかね。僕はだいたい自分と同い年ぐらいの物件を探すんです。その風合いが好きなんで。東京で住んでる家も40歳ちょっと、広島で住んでる家も40歳ちょっとのマンションです。でも、いつかは自分で別荘を建てたいかな。

いま、広島でゲストハウスをつくろうとしています。ラブホテルを貸してくださる方がいて、そこをホテルとゲストハウスとレストランというか社員食堂にして、事務所も入れたい。そうすると世界中からいろんな人が来てくれる。コミュニケーションをとれる場所づくりがしたい。

西　ラブホテルとしての部屋を残したままで？

谷尻　いえいえ、残すのはラブホテルの雰囲気だけで(笑)。お金がない子たち、バックパッカーも来るし、金持ちも泊まる。で、うっかり金持ちがみんなにシャンパンをおごってしまう、みたいなシーンがつくりたいです。高級ホテルとゲストハウスをごちゃ混ぜにしたいんですよね。

「同じようにできない」も才能

西　子どものころ、なりたい職業ってありましたか？

谷尻　大工になりたかったんです。あまりにも家がボロかったから。さっきは不便でよかったと言いましたし、いまとなってはそう思うけれども当時はやっぱり嫌で(笑)。友達の家はきれいだし、家の中で傘をさすこともない。だから小学生の頃は大工になってお城を建てると言っていました。もしくはパン屋。単にパンを食べるのが好きだっただけなんですけど。

ただ、物をつくることには興味があった。中学生の時、父親に手伝ってもらって倉庫を自分の部屋につくり変えました。毎週末、半年くらいかけて。それがやっぱりすごく記憶に残っていますよね。つくることの楽しさというか。

西　もしいまの中学生から将来どうやって仕事を選べばいいんですか、と聞かれたら何て答えます？

谷尻　自分が得意なことを仕事にしてほしいですね。中学校とかって、とにかくみんな同じことができたほうがいい的な教育じゃないですか。みんなができていることができないと落ちこぼれみたいになるけど、逆にみんなと同じようにできないのも才能かもしれない。中学生の時に、ひとつのことしかできないオタクだったヤツがノーベル賞を獲るってこともあるわけで。だからその才能の伸ばし方は教える側次第。個々に合う引き出し方があるはずなので、周りがどう言おうと自分がやりたいこととか得意なことを伸ばしたほうが、僕はいいんじゃないかなと思います。

西　ものすごくいろんなことを考えているうえに、さらに自分のことを性格が悪いと表現するのが、谷尻さんのおもしろいところですね。

谷尻　性格悪いって先に言っておくと、普通にしているだけでいい人になるんですよ（笑）。メニューに「ミニサラダ」って書いてあって、普通サイズが運ばれてきて「これがうちのミニなんです」とか言われたらすっげえいい感じしません？　ミニと書いてホンマにミニとか、つまらないでしょ。

西　（笑）。

＊　＊　＊

結局、楽しいばかりの対談だった。

谷尻さんの人柄の作為と不作為の境目なんてどうでもよくなった。よくよく考えてみれば、誰だって自分の魅力や欠点について、気づいていないこともあれば意識していることもある。谷尻さんは「天性の人たらし」か、「戦略的人たらし」か、なんていう問いの立て方自体が無意味なように思えてしまった。

ただ、谷尻さんは「常に考えています」と言った。楽しければなぜ楽しいのか、美味しければなぜ美味しいのか、常に考えていると。少なくとも才能に寄りかかっているような人ではない。まったりとした響きの広島弁だが、頭の中は常にブンブンと回転しているということだ。

それと、彼の話はその内容だけでなく、間合いも、イントネーションも、表情も全部含めて楽しい。文章でその魅力がどれくらい伝わるか、正直心もとない。やっぱり「こんなおもしろい人がいるよ」、と勝手に人に引き合わせたくなる人なのだ。

いま、谷尻さんは広島でラブホテルをまるまる借りて改築し、ゲストハウスにしようと企んでいるという。私の当面のワクワクは、そこに遊びに行かせてもらうことだ。

生活実感がないところで
おもしろい本は生まれない。
その象徴が『ちゃぶ台』です。

編集者／ミシマ社代表取締役

三島邦弘さん

みしま・くにひろ

1975年京都生まれ。京都大学文学部卒業。ふたつの出版社で単行本の編集を経験したのち、2006年10月、単身で［株式会社ミシマ社］を東京·自由が丘に設立。2011年に関西にも拠点をつくり（京都府城陽市）、2013年に京都市内に移る。「原点回帰」を標榜した出版活動を行っている。内田樹「街場」シリーズ、平川克美『小商いのすすめ』、西村佳哲『いま、地方で生きるということ』、絵本『はやくはやくっていわないで』(作・益田ミリ、絵・平澤一平)、安田登『あわいの力』、小田嶋隆『小田嶋隆のコラム道』などを編集·発行。著書に『計画と無計画のあいだ』(河出書房新社)、『失われた感覚を求めて――地方で出版社をするということ』（朝日新聞出版）。

今回の対談相手のなかで唯一、従前からの知人である。熱い男、というイメージがある。

2006年に自分の出版社を東京・自由が丘で立ち上げ、東日本大震災発生直後に京都の城陽市に拠点をつくり、さらに京都市内にそれを移す。思想家・内田樹先生の大ヒットシリーズを立ち上げたり、意外な書き手を発掘したりとどまることを知らない、といえば切れ者のイメージを持たれるかもしれないが、イメージはちょっと違う。切れ味が鋭いというよりは、こうと決めたらひたすら竹刀で打ち込み続けるような、とにかく熱い人だ。全力の人、と言ってもいい。彼の出版社「ミシマ社」のキャッチフレーズも「原点回帰」「一冊入魂」と熱い。

「うめきた未来会議MIQS」のステージで15分のスピーチをお願いした時には、全力の人・三島さんは全力でスベっていた。旧知でもあり、実は（アナウンサーのくせに）ひとりで大勢の人の前でしゃべるのは得意ではない私は、立ち位置すら定まらず、右へ左へ動き回るステージ上の三島さんの姿に勝手にシンクロし、脇や背中や頭皮に悪い汗をたっぷりかいた。ここはひとつ、ストンと落ち着いたところでゆっくり話を聞こうと、京都市内のミシマ社のオフィスにお邪魔した。

100%全力の男、全力で空回り

西　三島さんは家にも遊びに来てもらったこともあって、こんなかたちで親しい人にインタビューするのはどうにも気恥ずかしいんです。

三島　僕もです（笑）。

西　でも、三島さんがもっと気恥ずかしかったのは、きっとMIQSのスピーカーとして壇上に上がった時ですよね？

三島　いや、ほんとMIQSは、2015年のなかで一番忘れられない出来事ですね。あの後は会う人、会う人に話していましたもん。「もう、すごいことをやっちゃったんですよ」って。誰かに聞いてもらわないと消化しきれなかったんです。まず、リハーサルと全然違うことを話してしまって。それで、ここから！というところにやっと来たと思ったら、「残り1分です」ってランプが点滅するんです。終わりなんだ……と思って、そこから頭の中が真っ白になりました。

　本づくりもそうなんですけど、僕は毎回、企画書なんかはそもそもつくらないこともあります。つくっても一度ゼロに戻して、著者に向き合った時には、何が生まれるかわからないという地点に立つようにします。その時点では誰も想像しなかったところへ飛んでみる、ということを楽しみに仕事をしているんです。だからあの時、昨日のリハーサルしたことをそのましゃべったらダメだと、直観的に思った。そうだ、ゼロにしようと(笑)。

西　たしか、前日のリハーサルでは、三島さんはとりあえず持ち時間に収まるように用意した内容でプレゼンテーションしていましたよね。でも、「ここいりませんから、カットして」なんて一応やるんですけど、そんなふうにして刈り込まれたしゃべりっておもしろくないという感覚もよくわかります。「さて何からしゃべりましょうか」と探っていって、「あ、これや！」と目が光った瞬間からその人にドライブがかかっていくほうが、絶対おもしろい話が出てくる気がする。僕たちアナウンサーの世界でもよく言うんですよ。「できるだけの準備をしろ。そしてすべて忘れて本番に臨め」って。そういうことですよね？

三島　そういうことだったんです。でも、アナウンサーの西さんはプロだからそれでいいんですけど、ぼくは編集のプロでも人前で話すのは素人だから、やっぱり準備は必要だったというごく当たり前の反省をしています(笑)。

ＭＩＱＳでプレゼンしたことは、その後の半年を引っ張るパワーになりました。「こんなはずじゃなかった！」「なんで前日のリハーサル通りやらなかったんだろう」と思う反面、でもあらかじめ決めておいたことをなめらかに話すのではなくて、自分のスタイルを貫いたっていうことを肯定的に捉えることにしました。

西　三島さんの最初のご著書のタイトルは『計画と無計画のあいだ』ですよね。そのあいだのちょうどよいところを行くんじゃなくて、まさに計画と無計画のあいだを全力で行ったり来たりしている感じがあって、それが三島さんの持ち味だと思うんです。東日本大震災があって、「京都だ！」ってなった時も、１００％全力でそう思って東京からやってきたんですよね。

三島　はい。あの時は、「出版の未来はこれで開かれる！」と信じて疑わなかったんです。出版社は東京ばかりに集中していて、もう飽和状態。それで、東京のメディアが「地方の時代」なんてことを言うわけですけど、本当のところ生活実感に基づいているわけじゃなくて、世の中の空気を見たり、売れるんじゃないかと思ったりしてそうしているだけのことが多い。でも、生活実感がないところでつくられる本は、どうしても血が通わず、画一的になりがち。そういう問題をずっと考え続けていたタイミングで、震災があったんです。

足の裏が畳を感じること

西　ところでミシマ社の社屋に選ばれるのは、東京の自由が丘もそうですけど、いわゆるオフィス物件ではなく〝おうち〟ですよね。この京都オフィスも庭付き一戸建ての普通の民家。これには何かワケがあるんでしょうか？

三島　やっぱり、靴を脱いで働きたいと思うんですよね。靴を履いていると、足の裏で呼吸できないじゃないですか？　靴底の厚みの分だけ地面との距離が空いてしまうわけで。さすがに靴下は脱ぎませんけど、こうして足の裏で畳を踏みしめることで、やっぱりいろいろ感じられると思うんですよね。

西　……？　もう少し詳しくお願いできますか（笑）。

三島　は、はい。えーと、靴を脱いで仕事をすると日常と仕事の境目がなだらかになる。仕事モードに入るためにガガガッと急にエンジンをかけて、身体に負担をかけるようなことがなくなるんです。毎朝、自宅から鴨川沿いを自転車で走って通勤しているんですけど、オフィスで靴を脱いだら、家にいるのとあまり変わらない感覚になるので、無理なく仕事ができます。畳のほうが落ち着きますし、ここは日常と地続きなんです。

西　たしかに昔の呉服屋さんとかって、ちょっと上がって、お茶でも飲みながら商談をする、ということがありましたよね。畳にちゃぶ台、これがオフィシャルな仕事場であると。

こういうおうち的なオフィスだと、おっしゃるように日常と仕事の境目がなだらかになる一方で、逆に「なあなあ」というか「ずるずる」というか帰るのが面倒くさいからごは

上／まるで忍者屋敷のような京都オフィス（借家）の間取りをミシマ社に出入りする学生さんがイラストで図解。度重なる増築の結果、“普通じゃない間取り”になってしまったらしい

下／毎週金曜日は1階を［ミシマ社の本屋さん］としてオープン。冬になるとこたつを囲んで、本についておしゃべりする光景も

んをつくって寝ちゃおうとか、そういうこともできてしまう。でも、ここには生活臭はあまり感じられませんね。床の間には掛け軸があって、ちゃんとお花が生けられてて。「日常と地続き」と言っても、締めるところは締めて、という緊張感を大事にされているのかなと。

三島　ええ、そう言っていただけるとうれしいです。まず、僕が絶対にオフィスで寝泊まりしないこともあって、スタッフもしない。それから〝掃除〟をとにかく大事にしています。仕事のはじまりは掃除だと思っていますし、月曜の朝はけっこうしっかり大掃除的なことをして席替えもします。席を移ると、たまった荷物を片付けるいい機会にもなりますし、座る位置が変わると同じ社内にいながらメンバーの視点が変わりますから。固定すると場が淀みがちになるので、細かい動きや流れをつくっていきたいんです。メンバーの意見で、それをやったらいいなと思えば、どんどん採用しています。

西　僕は本当に引っ越しが苦手でルーティンが大好きで。独身時代に住んでいたところは、「ちょっと住もうか」と思って17年いましたから(笑)。

三島　いやいや、僕も本当は引っ越しが好きなわけじゃないんです。もともと、一か所でじっとしていられない性格なので、今日は内勤という日でも、こもりっきりにならないでこまごまと動くんですよ。喫茶店に行ったり、本屋さん行ったり、鴨川行ったり。ちょっとやるとまた空気を変えたいので、次の場所で「もう一回90分勝負」という感じで流れていく。

僕は京都出身なんですけど、ずっと東京で働いてきたので、正直、東京のほうが仕事はしやすいと思っていたんです。自由が丘のオフィスの周辺には、こういうときはここのカフェに行けば落ち着いて仕事がはかどる、みたいな場所があって、それこそルーティンが出来上がっていたので。でも、京都で、東京とは違う出版の流れをもう一本つくりたいという思いがあるんです。

西　僕らが「ミシマ社」に期待するのは「京都でもできる」ではなくて、「京都だからできる」本。それはいわゆる「京都本」をつくってほしいというわけではなくてね。東京ではない地方で生みだせるものって何なのでしょうね。

新しい読者に「コーヒーと一冊」

三島　単行本の編集者になって17年ぐらいなんですけど、本は２００ページ前後でつくるものという前提を疑ったことがなかったんです。そういう東京の出版業界の流れに乗って、四六判の単行本で200〜300ページの本が出来上がっていくサイクルを繰り返し、「本が売れない」と言って業界はちょっとずつじり貧傾向に落ち込んでいる。実際のところ、200ページにするために、30ページぐらいの〝おもしろエキス〟を、水で薄めて伸ばしたような本って世の中にあふれているんですよ。ああいうのは、多くの人から本を遠ざけているひとつの原因だと思いますね。

西　確かにねぇ。これまで読んだ本のなかにも、一番おもしろかったのはタイトルで中身はスカスカという本がけっこうあります(笑)。

三島　本好きな人は別として、久しぶりに本を手に取った読者が、何回かハズレを引いたら「もう、いいか」となりますよね。

僕ら出版社が本当にやるべきなのは、本好きの思いに応えるのと同時に、新しい読者を増やすことです。そのためには、紙の本でしか味わえない体感、紙の本が好きという気持ち、紙でしか味わえないものがあるというのを共有していくことが大事で。でも、新しい読者を増やす動きが生まれているのかといえば、本というものは相変わらず同じパッケージにとどまっていたことに気がついたんです。

それで生活者として京都に暮らして、いろんな人に出会うなかで「昔はけっこう本を読んでいたんだけどね」「読みかけてやめた本、家にたくさんあるなあ」みたいな声をかなり聞くんですね。それなら、思わず手にとって読み切ることのできるボリュームの本があってもいいんじゃないかと。

西　なるほど。

三島　おもしろければ、最後まで読み切れるはずですよね。「読み切るって心地いいな」という体感レベルで、本から離れていた人をもう一度連れ戻したり、新しい読者を呼び込んだりすることをやりたかったんです。東京から京都に移って出版業界に関わる人の絶対数も情報も明らかに限られた中で、逆に「本当にやらなければならないこと」に集中できるようになりました。そこで生まれたのが、この「コーヒーと一冊」という薄い100ページ前後の本なんです（P59）。京都に来たからこそ生まれたシリーズです。

西　たしかに、「コーヒーと一冊」のシリーズからは、「かつての読者を紙の本に呼び戻す！」というメッセージをものすごく感じます。

実は、うちの妻がそうなんですよ。スマートフォンはしょっちゅう触っていますが、本はあまり読まない。それが「コーヒーと一冊」から出た江弘毅さんの『K氏の遠吠え』（ミシマ社のウェブ雑誌『みんなのミシマガジン』の連載を元に発刊）を「おもしろーい！」と言いながらお尻まで読み終えました。これね、おそらく彼女が最後まで読み切ったほんとひさびさの一冊なんです。

三島　ありがとうございます。それこそ願っていることですね。おもしろい本をつくることは大前提ですが、いまは本というものへの橋渡しが絶対に必要です。本好きの人、全然読まない人、本から去ってしまった人と本をつなぐ工夫がもっとあってもいいんじゃないかと思うんです。これ、iPhoneより軽いんですよ！

西　へぇ、おもしろい。そういう身体性へのこだわりってすごくすてきだなと思います。

三島　「本重たいし」って、いや、スマホより軽いですよと。

西　いいですね。ところで最近、週刊誌を見ていると、もう、読んでくれるのはオッサンしかいないっていうね。特に悲しいのが「死ぬまでセックス！」特集とか、身体は枯れても頭のなかはまだまだ妄想でいける、「まだこっちになんぼか石油は残ってるぞ！」みたいな掘り方をしているじゃないですか。オッサンの劣情を刺激する以外に雑誌が生き残る道はない！っていう(笑)。でも三島さんがやろうとしているのは、いっぺん涸れたと見える読者の鉱脈をもう一度掘り起こす作業で、断然こっちのほうがおもしろい。

三島　僕たちは、これから読者とともに生きていかないといけないわけですから。子どもたち、十代の人、まったく本に触れていない人、ちょっと離れている人たちと、どうすれば紙の本を介して共存できるかを本気で考えないと。

「コーヒーと一冊」は、本屋さんだけではなくて、カフェや喫茶店でも取り扱ってもらっています。いつもとは全然違う動線のなかで本に出会い、触れてみて「ああ、なんかいいな、これ」と。こういう小さな経験の積み重ねで、本の世界がもっともっと豊かになっていけばすごくうれしい。

前代未聞の雑誌『ちゃぶ台』

三島　もうひとつの新しい試みは、２０１５年10月に出した雑誌の『ちゃぶ台』（「移住×仕事」号）。ミシマ社が初めて手がけた市販用の雑誌なんです（Ｐ59）。見てください！　これはコデックス装（糸で綴じた背をそのまま見えるように製本した装丁）と言うんです。ページの開きがよいので、両手を離して読めるんですよ。普通は、本って両手で持つか、机のうえに置いても手でページを押さえなければいけないですよね？　手を離して読めるということは、読書という行為自体が変わり、読むことの感覚も変化してくるわけです。

この雑誌をつくろうと思ったのは、２０１５年の4月に山口県の周防《すおう》大島へ行ったことがきっかけでした。

西　どういうことですか？

三島　周防大島には、昔ながらの農業だけではなく、つくり方も届け方も、自分たちの手づくりで、自由な感じでやろうとしている移住後の青年たちがいて、僕はそこに小さな未来のかたちを感じました。「この小さな種を伝えるにはどうしたらいいだろう？」と思ったんです。でも、彼らの動きを追いかけて本をつくるには3年はかかってしまう。まだ目には見えないけど、「こういうことはもうすでに生まれている」ということを伝える方法を考えるなかで、はじめて雑誌をつくりたいと思ったんです。

従来の枠組みではないところでやっている彼らの小さな灯を伝えるには、新しい枠組みの雑誌でなくてはいけないと。そこで、雑誌制作の方法そのものをゼロから問いなおすことにしました。その基本は〝台割《だいわり》〟なんですけど、本当にそこからはじめないといけないのかを問い直したんです。

台割というのは「雑誌のどのページにどの内容を載せるか」を割り振って、全体の構成を決める表のことです。言わば、雑誌づくりにおける羅針盤であり航海図なんですけど、それを何も決めずに雑誌をつくるってことをやったんです。

西　それってつまり、「羅針盤も航海図もなしに大海原に船出をした」ということになるんですか？

三島　はい。ＭＩＱＳで、前日のリハーサルを全部忘れてゼロになって、その場に向き合うことを選んだのと同じように（笑）。とにかく身を投じる。おもしろいと思ったことをやりきることに賭けたんです。

　ある日、「原稿が届いた順番、取材した順番に並べよう」とひらめきました。普通の雑誌だと特集1、特集2があって、その後に連載やエッセイがつづくものです。でも、届いた順番なんで、特集1のあるインタビューのあとにそれと全然関係のないエッセイが来て特集2が続いて、また特集1の違うインタビューが来て、とかなり入り乱れているんです。エッセイは全部書き下ろしで特集テーマに関係なく自由に書いていただいているので、内容的にもバラバラ。たとえばある朝、たまたま届いた『ちゃぶ台』用のエッセイを読んだ後に、予定していた今回の特集「移住と仕事」に関係する取材に行く。すると、エッセイを読んだ記憶が残った感じで取材しているので、無意識に僕の質問にその内容が反映する可能性が出てくる。とすれば、僕が見た順通りに、時系列で並べていけば、必ず一本の筋が通っていくだろう、という仮説を立てたんです。

西　で、実際は仮説の通りになったんですか？

三島　そこは読者の方々のご判断に……。でも編集者としての自分が見たり感じたりしたものを、追体験するような感覚が伝わってくるのでは、と思っています。

写真：入交佐妃

上／MIQSでのプレゼンが契機になって生まれたという「コーヒーと一冊」や雑誌『ちゃぶ台』は全国各地で販売。群馬県桐生市の手づくり書店［ふやふや堂］にも

下／『ちゃぶ台』はコデックス装ゆえに背表紙が付いてない。ページを開くと、閉じることなくそのままにしておける

西　最初から最後まで読み通したくなる雑誌であると。

三島　とにかくもう、どうなっていくかわからないという恐怖と興奮の隣り合わせのなかでの制作でした。届いた順に、時系列に並べるという方針が決まった後も、一冊にまとめるときに原稿と原稿を「どうつなげるか」はなかなか見えない。プリントアウトしたものをあれこれ並べたりするなかで、ある日自分のなかで「あ、なんか、いけそう！」みたいな感じがグワッと見えて。「キター！　できる、できる‼」って叫んだんですよ。でも、みんなシーン……として、周りはけっこうしんどかったみたいで(笑)。

西　あははははは！　困り果てたんでしょうね。

三島　デザイナーさんも大変やったと思うんです。一度、「こんなん、できませんよ！」と怒られて。「いや、前代未聞の雑誌をつくろうとしているんですから、思うようにならないのは当然ですよ」「そこを楽しんでください」みたいな。

西　おお、さすが全力の男！

三島　デザイナーさんもあきれたのか、あきらめたのか、もしかして納得したのかはわからないけど、その後は粛々とデザインしてくれました。

『ちゃぶ台』は、書店でどこに置くねん、とみなさんに言われます。「やっぱり、雑誌置き場か？」「いや、内田樹先生が書いているから人文書？」「うーん、ビジネスか？」「もう置くところないわ！」みたいな感じで。でも、やっぱりそこを揺さぶっていきたいと思っているんです。

世の中が移り変わるなかで、既存の枠に入らない本や雑誌が生まれてくるのは当然ですよね。『ちゃぶ台』も増刷になったのですが、こうしてちゃんと届いていくことで、つくり手の現場も書店さんの捉え方もいろんなことが少しずつ変わっていきます。僕らがしつこいぐらいに「おもしろい！」にひた走ることで、業界全体でちょっとだけ次の時代に向かっていけるかなと思っているんです。僕たちが生きているいまという時代に、新しく自分たちの土壌をつくって、耕して、種を蒔くことをやらなければいけませんから。

西　これも地方の空気を吸ってこそ出来たんですね。

売れ筋より「おもしろいかどうか」

西　計画と無計画でいえば、計画のほう。本を出す時このくらいの読者がいるだろうとか考えるんですか？

三島　それはあまり考えないですね。自分がおもしろいと思うことをとことんやりきったら届くんじゃないかと思っているので。去年は、読者の方から「僕は三島さんがつくりたいと思うものを読みたいです」というお手紙をいただいたり、直接言われたりすることが続いたんです。それでもう、「こうした方がいまの時代に合うちゃうんかな」といったことを考えるのはやめようと思いました。心底オモロいと思ったものをつくりきるという方向へ、完全に舵を切ったんです。ミシマ社10年目の決断です。

西　それをどうしようかっていう時期にまさにテレビも来てるんです。昭和30〜50年頃のテレビは、ウケるかどうかではなく自分たちがおもしろいと思うものをひたすらつくってきた。「これオモロいやろ!」「みんなもオモロいよな?」という番組。あの頃が、テレビ最大の成長期だったんです。けれども、いまのテレビはマーケティングデータを元にして、時代のニーズに合わせたものをつくるようになってきた。もちろん、1日の放送時間のすべてが時代の御用聞きのような番組で埋め尽くされているわけではないし、自分たちがおもしろいと思っているものを視聴者に問う番組もつくっているぞという自負もある。でも、昔に比べれば「それは視聴者は見てくれているのか? 興味をもってくれているのか?」という目線がより強く入ってしまっていることは否めません。

かつてムーブメントを起こしていたテレビが、いまはムーブメントを追いかけているほうになっていますから。これはある種の末期症状だと捉えなければいけない。雑誌の「死ぬまでセックス特集」を笑えないんですよ。それよりも、もう一度、三島さんの言葉で言えば「自分がおもしろいと思うことをとことんやりきったら届くんじゃないか」というチャンネルを持つことのほうが大事なのではないかって気がするんです。

三島　うーん、そこが一番大事だと思うんですよね。出版も同じで、全体的に見ればマーケティング主義にどんどんなっています。この層にはいま、この人が支持されているから1万部はいくだろう、とか。そんなこと言っていても全然おもしろくないんですよね。実際、みんな本当はわかっているはずなんです。出るまでわからん、というのは。

西　出るまでわからん！　そりゃそうだ(笑)。

三島　本って生き物ですから。「生き物なんだ」ということをちゃんと信じるところからやっていかないと。こっちが思っているようには育たないし、だけどすごい育ち方をすることもある。『ちゃぶ台』をつくる時も、編集をするという行為を、生命体を生み出すというところにまで広げていきたいという意志がありました。こういうふうにしか、この閉塞した末期的な感じから、どうやって次の時代をつくっていくのかは見えてこない気がするんですよね。

とにかく、実験するしかない。正解はないんですから、重箱の隅をつつくようなことをしても意味がない。そこに壁があるのかどうかなんて、ぶつかってみなければわからない。

大事なのはぶつかった時に「痛い！」と思うことで、さらに言えばこの暗闇に壁があるとわかっていても当たりに行こうよ！と。

西　ははは。「わかっていても当たりに行こうよ！」。でも……お金のことは心配になったりしません？　会社というものの中でそういうことをやったら屋台骨にヒビが入ってしまうのでは……とか計算しながらやっているんですか？

三島　はい、だから預金通帳はなるべく見ないようにしています。

西　なんと！（笑）

三島　壁にぶち当たる時に躊躇が出てはいけませんから。そこはウォッといかなあかんわけです。身軽でないと。もしかしたら壁だと思っているものが壁もどきで、打ち破るつもりで行けば抜けられるスポンジかもしれないですし。すごく単純なロジックですけど、突っ込んでいって抜け出たらそこは解決しているわけで、解決法を考える必要がなくなる。でも、いちおう会社はほぼ毎年黒字でやれています。

西　それはすごいことですね。

三島　最前線で自分が走っているから、本当にぶち当たって進んでいない感じも、「おっ」と抜け出たということも日々感じています。空気もお金も、ちゃんと流れているかどうかは、身体的な感覚でわかってないといけませんよね。そういう姿勢で普段からいれば、

机で本のゲラに朱を入れる。ミシマ社はモノも空気も淀ませないことを社是とし、定期的に席替えを行い、そのたびに全員が荷物を整理。ここも三島さんの固定席ではない

ちょっと手を打たないといけないなと思った時は、先に身体が動くだろうと思うようにしています。

おもしろいものができなければ、経営的に回っていかない。だから、メンバーにはあまり数字を見せることもありません。みんなで数字とにらめっこをしてしまうと、思考も身体も止まってしまって、何か自由さが奪われてしまいますからね。その代わり、でもないですが、おもしろいものをつくるために、年に1、2回の合宿を行うんです。たとえば、茅葺き屋根の下で星空を見ながら企画会議をしたり。そういうのを大切にしたいんです。とにかく、いかに流れている状態でいつづけるのかということです。

まあ、いまが東京にスタッフが5人、京都に5人というこの規模だからできるんですね。これが社員20人だったら無理だと思います。

西　「壁には本気でぶつからなければいけない」とおっしゃっているけれど、三島さんはたとえ本気で壁にぶつかっていったとしても、骨が折れるようなぶつかり方は本能的にしない人なんだと思います。京都にもオフィスを持ったからこそつくることができた新しい流れも目に見えるものになりつつある。

結果、自分のスタイルに合う会社のサイズを保って、毎年きちんと黒字は出す。実際のところ、僕らが心配するようなことは何もなくて、むしろ元気づけられる部分が大きいですね。

出版社は100年続いて一人前

西　MIQSのプレゼンテーションの終盤あたりで、三島さんは「本を読む、本に触れるということは、22世紀を生きる第一歩だ」と言っていました。あの時「あと1分です!」のランプが点滅しなければ何を話すつもりだったんですか?

三島　僕が青年期に読んでいた本は、夏目漱石の小説とか100年ぐらい前に書かれたものが多かったんです。100年前の本に書かれているのに、その内容は現代のこととして読める。同じように、僕たちがつくる本の言葉も100年後に生きるものになりうる。だから、創業した時から「出版社は100年続いて第一歩だ」という意識は強くあります……。

西　たとえば計画と無計画のあいだで全力疾走する人から、中学生は何を学べるんでしょうね?

三島　どうですかね……中学生のころは、しんどかったんですよ。中学生から大学生までずっと、「ある鬱屈した感じ」を持ち続けていて。友人と過ごす時間は楽しめていても、家

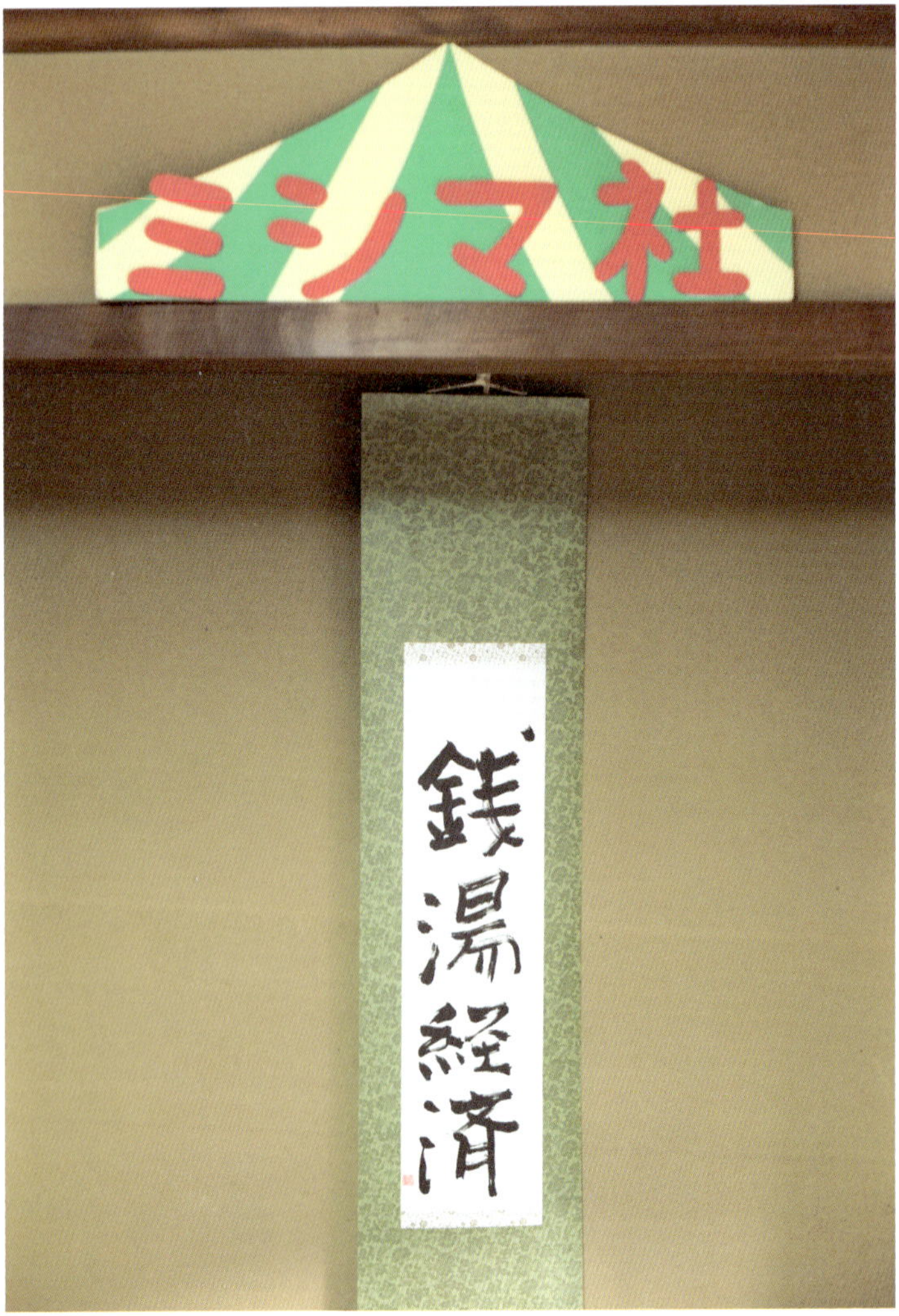

新年会の書き初め作品が1階［ミシマ社の本屋さん］の床の間に。平川克美氏による書は「銭湯経済」と、ミシマ社から出た著書のタイトルの一部から。ちなみに内田樹氏は「専気致柔」（P71）、光嶋裕介氏は「木造建築」

に帰ってひとりで本を読んでいるときには、どことなく晴れやかな感じを持ちきれなかったんです。そういう「ある鬱屈した感じ」は、編集という仕事に出会うまで続いていたと思うんです。

初めて本をつくるという仕事に携わった時に「ウォー！　やったあ！」という感じがありました。世界とつながった！と。つながりたくて仕方なかったけど、つながる回路がわからなかったけど、いまやっとつながったんだ！と思えたし、すごく気持ちがよくて。自分が企画をして、著者に会って一緒に練りこんで本をつくって、読者から反応をもらってというサイクルは、何て楽しいんだろう。どんどんやりたい、と思いました。

＊　＊　＊

やっぱり熱い。座ってしゃべっていても、落ち着いているという感じがしない。それがまたいい。

私は放送局という会社のなかにいて、自分が好きなことやおもしろいと思うことだけをやっていても番組は成立しないしメシも食えない、とどこかで思っている。そして、それは一面では間違っていないはずだ。誰かがやりたいことも実現してあげたいし、やりたいからではなく必要だからやる仕事もある。そのなかに自分のやりたい仕事をちゃんと混ぜ込むことができれば、それはそれでいいと思っている。

でも、三島さんは「自分がおもしろいと思うことをやりきったら読者には届くと思っている」と言った。「勝算とか採算とか、そういうのは最前線に立っていれば、大丈夫だって肌でわかるんです」と。揺さぶられた。そんな冒険を、僕は、放送は、できているだろうか、と自問した。

時代に合わせることはしない。預金通帳は見ない。誰でもできることではないけれど、誰にも必要な要素を、この人はふんだんに、いや純度100%で持っているのだと思う。

專氣致柔

大義名分っていうのはね、
言い続けていたらやがて
血肉化されていくんですよ。

和紙作家／堀木エリ子&アソシエイツ代表

堀木エリ子さん

ほりき・えりこ

1962年京都生まれ。高校卒業後、銀行や企業の和紙部門での勤務を経て、1987年［SHIMUS］設立。2000年［株式会社堀木エリ子&アソシエイツ］設立。「建築空間に生きる和紙造形の創造」をテーマに、2.7×2.1メートルを基本サイズとしたオリジナル和紙を制作。和紙インテリアアートの企画・制作から施工までを手掛ける。近年の作品は「東京ミッドタウン」「パシフィコ横浜」「在日フランス大使館大使公邸」「成田国際空港第1ターミナル到着ロビー」のアートワークのほか、N.Y.カーネギーホールでの「ヨーヨー・マシルクロード・プロジェクト」の舞台美術等。著書に『挑戦のススメ』（ディスカヴァー・トゥエンティワン）、『堀木エリ子の生きる力』（六耀社）ほか。

和紙によるインテリアアートのプロフェッショナル。

「建築空間における和紙造形」を創造する人だという。正直に言うが、そう聞いてもふすまや障子、さらに想像力を動員しても、和紙のランプシェードくらいしか僕には思いつかない。でもきっとそういうことではないんだろう。ではどういうことなのか、どんな人なのか、興味がわく。

「うめきた未来会議ＭＩＱＳ」のステージで話す堀木さんを見た印象は、「強い人」。もう少し正確に言えば、「強くなければやっていけないモノづくりの世界を渡り歩いてきた人」、かな。

ショートカットをすっきりとまとめ、背筋をしゃんと伸ばし、聴衆よりももっと向こうをまっすぐ見据えて、スパッとした切り口で話す。そのたたずまいから感じられる矜持《きょうじ》も聞きたいし、それ以上に堀木さんの柔らかい部分、いい意味での〝弱点〟（へんな言葉ですが）はどこなのか、そんなところまで届くインタビューにしたい、と思いつつ、京都のオフィス街にある「堀木エリ子＆アソシエイツ」のショールームに向かった。

「和紙がつくる環境」を提案

西　先ほどショールームで、壁一面の大きな和紙に光を当てるデモンストレーションを見せていただきました。写真で拝見するのとは別モノですね！　和紙の質感といい、光の当たり方でダイナミックに表情が変化する様子といい、変な表現かもしれませんが、ライブ感みたいなものがあります。お客さんの反応はどうですか？

堀木　ショールームにお越しになる前にスチール写真や映像でもご覧になってるんですけど、「ぜんぜん違いますね。やっぱり来てよかった」っておっしゃっていただけます。

西　今回、堀木さんはじめ皆さんとの対談を本にするわけですけど、その本に、堀木さんの作られた和紙を挟めないですかね？　しおりとか。

堀木　私たちは、和紙を使った〝環境〟をテーマにしているんです。目の前にあるモノとしての和紙のデザインも大事なんですけど、和紙から放たれる空気感とか、和紙の向こう側にある気配を提案したい。なのに、紙を本に挟んじゃった瞬間、和紙が「モノ」にみえてしまう。だから私の名刺は洋紙なんです。逆にお客さまからいただく名刺が和紙だったりします。モノとしての和紙は、他のデザイナーさんでも職人さんでもつくることができるので、やっぱり割り切って、自分にしかできないことをきちんとやっていこうと。

西　やっぱりダメですか（笑）。でも、そこを割り切って、というのはすごいですね。たしかに2・7×2・1メートルのオリジナル和紙の壮大感は、空間ごとでないと伝わらないというのは、いま僕も体験したところですから、我ながら無粋な提案だと思っていたんですが。堀木さんのご本（『堀木エリ子の生きる力』）を拝読しましたけど、和紙とのかかわりはそれこそ熨斗《のし》やぽち袋からはじまったそうですね。

堀木　それはいまの私の会社での話じゃないんです。若い頃、銀行員時代に誘われて転職した会社がそういう商品を販売していましたけど、当時の私の仕事は事務経理の担当でしたから。和紙の事業を自分で立ち上げようと思った時には、建築やインテリアに焦点を絞っていました。このショールームにある和紙を用いた照明器具も単体で使うだけのものではありません。空間に置いた時の空気感を大事にしたいから、お客さまには環境ごと提案させていただいています。

西　和紙関連の会社での事務経理の経験を踏まえて、和紙が創造する空気感や気配をテーマにしようというところに行った、その大きなきっかけは何だったんでしょう？

堀木　事務経理をしていた会社が2年で閉鎖に追い込まれたんです。いくら手すきの良質な和紙商品をつくって販売しても、半年後とか1年後には機械すきや洋紙の類似品が売り出され、結局、価格で比べられる。では機械すきと手すきは何が違うのかと考えた時に、手すきは使うほどに質感が増すとか、長く使っても強度が衰えないことが特徴だとわかった。ならば、その利点を生かすためには、ラッピングとかレターセット、ぽち袋などのように1回使って捨てるようなものではなく、建築やインテリアの方向性だと思ったんです。

そもそもいまの事業を立ち上げたきっかけは、手すき和紙の職人さんたちの姿を見て、だれかがあの技を未来につながなければと思ったことなので、彼らの手仕事の素晴らしさを守るためには、お客さまに長く使ってもらう商品で勝負しなければ意味がないと考えました。困った時には、とにかく原点に戻る。自分にしかできないこと、手すき和紙にしかできないことを見つけていく。あたりまえで単純なこと(笑)。こういうスタイルは、もうずっと変わらないんです。

昔の自分がいたら蹴とばす

西　なるほど。実は「自分にしかできないこと」って、諸刃の剣のような気がいつもするんです。たしかにおっしゃるように自分にしかできないことを見つけていく姿勢はとても大切です。一方で、たとえば学校を出て就職しようというときに、最初に「自分にしかできない仕事はなにか」と問いを立ててしまうと、極論を言えば、まだこの世に存在しない仕事を自分でつくり出す以外にないということになる。自分で自分を追い込んで、袋小路にはまり込んでしまいかねないと思って。

堀木　見つけられないことは絶対ないですよ！

西　ふふふ、この話、もう少し聞かせてください。たしかにみんな、自分にしかできない仕事をしたい。私もそう思います。でも、それを強く意識しすぎると、就職したはいいものの「私はこんなことをしたくてこの会社に入ったんじゃない」といってすぐに辞めちゃうようなことにもなる。「自分らしさ」「オリジナリティ」という言葉が先行すると、自分がすごくつまらないもののように感じてしまうことがある。自分を追い詰めるようなことにもつながると思うんですが。

堀木　それは漠然と思っているからですよ。これをやらなければならないという問題意識が先だと思います。社会、会社、友人、地域に対して、こんなのではアカンとか、もう少しこうしたほうがいいんじゃないのっていう問題点を見つけた時、その解決法として、自分にしかできない役立ち方はないのか、というところから考えはじめる。だったら私はこうする、ああすると。漠然と人と違うことをやりたいと思っても、それは多分見つからない。

私はスタッフにいつも「有意と注意をもって」と言うんです。見渡せば、問題点なんて

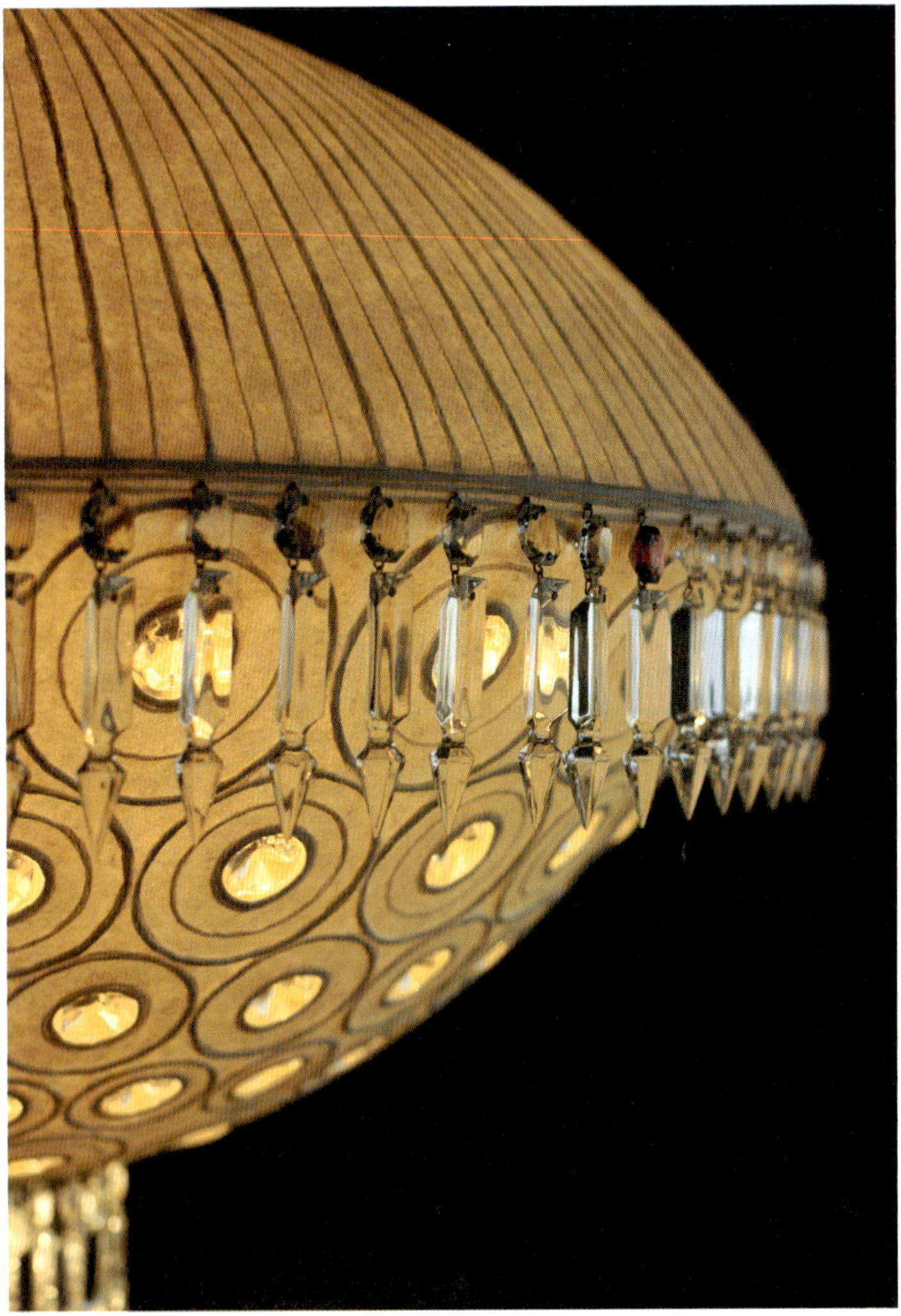

1か所だけにルビークリスタルが使われているが、それがBaccarat製の特徴。「旋律」と名付けられた傑作は、のりを一切使わずにすき上げられている

卵を制作した時と同じ、骨組みを使わない技法で立体的にすき上げられたライトオブジェ「FLOWER」。さまざまな大きさがある

いくらでもある。それを探そう、解決しようとして向き合っているかどうか、ということが大事。眼球に映っているだけで何かを見ている、鼓膜が震えているだけで何かを聞いていると勘違いする人は多い。でも見ようと思って見なければ意識には入らないし、聴こうと思って聴かなければ聞こえない。問題意識がないと、解決しようという思いに至らない。

西　なるほど。自分にしかできないことを一人だけで作り上げるんじゃなくて、周囲との関係の中で、自分にできること、自分がやるべきことを探していけば、結果としては自分にしかできないことが仕事になりますね。でもご本の中で、銀行員時代はノルマだけはクリアするものの無責任・無関心・無気力の三無主義だったと書かれていて、ちょっとびっくりしました。ディスコで踊りまくっていらっしゃったとか(笑)。

堀木　昔の自分が横にいたら、蹴っとばしてるわ(笑)。「ホンマ、ええ加減にせぇ」って。私が一例であるように人間は変われる。何かひとつ、きっかけを見つければ。私の場合は和紙との出会いがあって、そこで自分がやらなくちゃ、という目標が見つかった瞬間に変わった。写真を見て銀行員の時と今とでは、顔が別人のように違う、と言われますよ。

西　それを聞くとちょっとホッとします。堀木さんもそんな時期があったんやと(笑)。

和紙が素敵だったからではなく

西　それで自分が変わるきっかけが和紙だったというのは、なんでだったのでしょう？

堀木　越前和紙の産地である福井県の武生《たけふ》への出張に同行したときにね、そこで見た職人さんの姿が衝撃的だった。

寒い日でね。痛いくらい冷たい水に手をつけて黙々と仕事をしているのを見た。外気と体温に差があるから、体から湯気が上がって。１５００年以上こんな営みが続いてきたこと自体が尊いと思った。ひとつひとつの技術がすごいかどうかなんて、その時はわからないわけだけれど、場の空気感に衝撃を受けたんです。で、その時、私は事務経理職としてでも、こういう世界に関われてすごくよかったとしみじみ思って帰ってきたのに、その会社は閉鎖に追い込まれた。このままでは職人さんたちの技はなくなっていく。こんな尊い精神性に裏づけられた日本の美学の根底にあるこういう手仕事がなくなっていいのか、と。

出来上がった和紙を見て、きれいとか素敵と思ってはじめたわけじゃない。デザイナーやアーティストになりたいとも、まして起業家や女社長がカッコいいなと思ったことも一切ないですね。

西　そうやって、和紙職人の世界をどうやって継承していけるかっていうミッションに目覚めた。先ほどの話で出た、自分がやるべきこと、自分にしかできないことが見つかったわけですね。

「できない」を捨てたら残るのは

堀木　でもね、技と心を残すためには私が職人になったのではダメなんです。職人さんの世界に入っていたら、いまのように和紙の世界をインテリアアートにまで広げられなかった。時代は経過していて、世の移り変わりとともに家屋も広く、天井も高くなっている。それに対応するには新しい切り口で、職人さんがつくった手すき和紙を需要と供給のバランスが取れるかたちでいまという時代の役に立てなければならないんです。

西　しかし、実際は堀木さんも和紙をつくっています。

堀木　だって、自分でするしかなかったから。職人さんに、こんなことやって、こんな和紙をつくってと言っても「できへん」って必ず言われる。できない理由も明確にね。でも、できないわけがないと思っているから、自分でやってみてきっかけが見つかったら、「ほら、できるやん」って持っていく。すると向こうが「下手くそ、貸してみろ」って言ってやってくれる(笑)。

西　僕は自分で言うのもなんですけど素直な性格なので、1500年を背負う職人さんに「できへん」と言われたら、「そうか。でけへんのか」となってしまいます。でも、それであきらめたらダメなわけですよね。

堀木　だっていままでのやり方、考え方、道具でつくろうとするから「できへん」だけ。私にも確信があったわけではないけど、やらねばならぬという使命感があった。これをインテリアとか建築空間に使ったら新しい世界が開けるということじゃなくて、使わなければ未来は開けない、という思い。自分で和紙をつくったことがないにもかかわらず。

西　「できる」という自信の裏づけはどこにあったんでしょうか?

堀木　そんなのどこにもなかった。

西　(絶句して)デザインとかアートを勉強したことも和紙づくりを仕事として経験したこともない、職人にはノーと言われる。にもかかわらずとにかくやる、という思いが揺らがない。その思いを裏打ちするものって何だったんでしょう?

堀木　和紙という素材は明らかに素晴らしい。歴史が物語る信頼がありますよね。だって日本人が1500年も使って親しんできたわけだから。それは、疑いようのない現実。そこは信頼しているけれども、間違いなくこの商品は売れる、という確信は一切ないし、やってみないとわからない。

　でも、「できる」と「できない」という選択があるとして、「できない」を捨てたら「できる」しか残らない。その上で私は、ああすればできる、それがだめならこうすれば、それもだめならさらに、と考えて手を動かしつづけた。当時は24歳だったし、「できない」という発想がそもそもなかった。

　失敗はしていますよ。1年目に3000万円の赤字を出して。でもその挫折からまたものを考えるから、自分ではぜんぜん失敗とは思っていないですけどね（笑）。

西　強い（笑）。ところで職人さんたちとの関係についてですけど、長い時間が過ぎたいま〝アウェー感〟ってなくなりましたか？

堀木　若い職人さんたちは喜々としてついてきてくれるけど、年配の人らは横目で見てる（苦笑）。でもね、以前テレビ番組が職人さんにインタビューをしてくれた。その際に「昔はいろいろ思ったけど、いまはあの人を尊敬してる」と言ってくれて……。えっ、この人がそんなこと言うの!?ってホンマにびっくりしました。でも、嬉しかった。いま、思い出しても涙が出ます。面と向かっては、絶対言ってくれない（苦笑）。

利己でなく「利他」

西　堀木さんはしっかりした思いや行動力をもって自分で自分の人生を設計されていま す。でもご本の中では、利己の逆を意味する〝利他〟すなわち他を利することの大切さに ついて書かれている。さらに、誰かからの要望こそ出発点である、とも。まわりにいる他 の人からの、和紙業界やビジネス・パートナーからの要望に応えること。そういう利他の 思いが、元々内側にあったのでしょうか？

堀木　それってみんなの中にもあると思うんです。たとえば、世界的に有名なピアニスト になりたいと願う若い人が「有名になりたいので応援してください」って来るとする。そ の願いの裏には何があるの？　と聞いたら考え込んで、「よい音楽を聴いて幸せになってほ しい」とか「海外で成功している日本人の音楽家が少ないから」とか言うわけ。じゃああ なたの夢はそこでしょう、と。「有名なピアニストになりたい」は利己だけど、掘り下げ ていくと「人を幸せにしたい」「海外に日本人のための門戸を開きたい」になる。利他の思 いをきちんと語れば、応援してくれる人が現れるかもしれない。みんな、表現が下手だな と思うんです。

すべてを原点に戻して深く考え直してみたら、誰だって利己ではなく利他の思いを持っているはず。

西　利他って、いい響きですね。最近は教育の到達目標として、自己実現とかをゴールにしがちじゃないですか。その設定を信じていた過去の自分を振り返ると、めちゃめちゃ恥ずかしい。僕はアナウンサーなので、最初はチヤホヤされたいとか、ライトを浴びて自分の発言に注目を集めたいとか考えていたんです。ある意味、新人アナウンサーなんて「評価がほしい」の塊みたいなもんで。

僕は、入社1年目で阪神淡路大震災が起きて、「どこどこの銭湯が○時から開いています」ってラジオで伝えたんですね。で、次の年に、甲子園のスタンドで取材をしていたら、見知らぬおじちゃんが、「あんたがあの時言うてくれたから風呂に入れた。ありがとうな」と声をかけてくれて。それを聞いて、もうボロボロ泣いて。それまでは災害報道とはいっても、どこか自己実現のために仕事をしていたんですけど、アナウンサーという仕事が他の人の役にも立っているんだなって気づかされたんです。

堀木　そういうことですよ。職人さんの姿やモノづくりの技術をなんとかしなくちゃいけないと思ってはじめたとは言うものの、私だって自分の幸せのためにやっていた。〝大義名分〟で和紙の文化のためにと言っていたけれども、腹の底では自分でも疑わしいと思う。ところが大義名分は、言い続けると血肉化するの！　言い続けると、いちいち口で言った

楮（こうぞ）の茎をすき込み、開口を設けた作品。水滴を意匠にした和紙など、全部で6枚をすき重ねて1枚にしている。幅約2.7m×縦2.1m

り意識的に考えたりしなくても、思考や動きが自然と大義名分に向かう、不思議と。だから、とにかく言い続ける。利己の部分もないとは言わないけれども、基本的に利他を叫び続けているとその人の中でちゃんと血肉化するのではないかと思うんです。

なにか新しいことをはじめる時には私利私欲にまみれてないかっていう検証だけする。

西　そんな検証をするんですか(笑)。

堀木　私利私欲があると、やっぱり失敗しますよ。利他でやるから成功する。なぜなら応援者が現れるから。何ごともひとりではできません。

思いついたら全部やる

西　堀木さんは和紙作りに対していろんなアプローチを試みていますね。タワシを振りまわして水滴を飛ばしたり、金属の棒をすきこんだり。何万個もの気泡をつぶすため、1個1個チューブで吸いあげる。こうしたアイデアはいきなり降ってくるものなんですか?

堀木　降ってこないですよ。作品をつくっていれば必ず問題点が見つかるから、ではどうしようかと考えるだけ。たとえば水滴ね。職人さんの肘から水が1滴落ちただけで、損傷した紙として捨てられることを知ったんです。ものすごい苦労したのにたった1滴で……。もったいないわ、と思った時に、だったら全体に水滴を降らせて模様を出そうと思いついたんです。

それから、立体の卵型の作品。「和紙で卵をつくってほしい」と頼まれて、最初は針金で骨組みをつくり提灯のように和紙を貼ってみたんだけど、それだったら提灯屋さんのほうが絶対に上手なんです。銀行員上がりの私がつくったって意味がない。その時、ゆで卵をじっと見ていたら、卵にはどこにも骨がないと気がついた。だったら骨組みを入れないなめらかな球形の和紙をつくればいいんだと考えたことから、立体和紙のすき方を見つけたんです。

西　立体和紙のすき方で卵をつくるという答えが見つかったとしても、それを実現するためのスキルや方法はどうやって？

堀木　手を動かして。思いついたことは全部やる。どうすればできるのかと考える。できないだろうなって頭で考えてやらないのではなくて、ひたすら手と体を動かす。しかも漫然とではなく、有意と注意をもってね。

手の感覚もですが、五感を大事にしないし、まずは自分で考えるということをしない若者が多い。それこそ、スマホばっかかりを触っている。ひとりでゆっくり考えるとか、夜寝る前に1日を振り返ってスケジュールを見直して抜け落ちていることがないかを確認するとか、そういう時間をなかなか持たないですよね。何をするときも、一方的に流される大量の情報のなかに身を置いているから、じっくり自分のことを振り返るということをあまりしない人が多い。

西　今日もここに来る電車の中で、前の席一列に座ってる人が、全員スマホ触ってるんですよ。インプットとアウトプットをつねに最短時間で繰り返しているというか、LINEに既読がつかないとすぐ見返してる女の子とか見てると、楽しそうでもあり、しんどそうでもある。堀木さんのいう「ゆっくり」「じっくり」というのは欠落してる。

いつも「なんで？」を突き詰める

堀木　私が実際、もう何十年も習慣にしていることがあって。たとえば、入った喫茶店が何となく居心地悪いとするでしょう。普通は、次からは他の店にしようと思うけど私はなんで居心地が悪いと感じたのかを考える。「なんで？　なんで？」って。そこで、壁がものすごく汚いから、と気がついたとする。そうすると、もし私がオーナーだったらお金をかけずにどうあの壁を隠すか、とどんどんシミュレーションする。

道で女の人とすれ違った時も、きれいな顔してるのに、なんであんなコートとブーツの変な組み合わせなんだろう、みたいなことってあるでしょう(笑)。私がコーディネートしたらコートと何を組み合わせるだろう……をまたシミュレーションする。

楽しいとか、楽しくないで終わらせない。「なんで?」を突き詰めると、自分という人間の尺度も見えてくるし、じゃあどうしようかという考え方や発想力も出てくる。そのトレーニングのおかげで、私はいまの仕事量をこなせている。打ち合わせをしている時に発想をして、帰りの電車でデザインを描いて、帰ったら見積表も出して……という風にスピードが速い。

西　そうした堀木さんの考え方やセンスのベースになるものはどこにあったんでしょう。子どもの頃から?

堀木　うちは母が専業主婦だったので、家がいつもきれいに片づいていたんです。整理整頓された違和感のない空間が日常だった。周りが整理整頓できていれば、何をするにも効率がいいし、頭のなかも整理できますよね。でもちょっと目を離したら物置きになってしまうので意識は必要です。

先日、ある自治体から依頼を受けて、7つの小学校でワークショップを開いたんですけど、図画工作の教室が整理整頓できている学校の子どもは、自分の発想でもの作りをすることができる。逆にグチャグチャの学校は、隣の子をチラ見して、一緒にガサガサとやる。だから出来上がった時には、全員同じようなモチーフの工作になってしまう。身の回りの整理整頓をしない人間が、自分の脳の中の整理をするのは難しいと思うんです。

西　うーん、会社の僕のデスクはちょっとお見せできないですね(笑)。

「仕事を忘れよう」はストレスに

堀木　私、プライベートと仕事の境目がないんです。プライベートではじまった関係が、いつの間にか大きな仕事につながっていたりする。仕事で知り合った人とプライベートでの付き合いに拡がることもあるし。だから時間をそういう枠組みで仕切る必要がないし、プライベートの時間をつくらねば、と躍起になるのもナンセンス。

西　僕はけっこう切り分けるタイプですかね。テレビのことを忘れたいとは思わないんですけど、自宅ではあまりテレビを観ないんです。オフというか、場面が切り替わるほうが好きで。仕事帰りの電車のなかで小説読んでるうちにだんだん仕事モードからプライベートモードになっていく感覚が好きです。堀木さんは、仕事抜きの休日って欲しくないんですか？　2週間ぐらい休みをとって、「和紙のことは考えへんから！」みたいな。

堀木　和紙のことを考えないことに無理があると思っているんです。先日、シルク・ドゥ・ソレイユの『O《オー》』というショーの舞台裏が観られるというのでラスベガスに行ってきました。元オリンピック選手の演者が、18メートルもの高さからダンサーのいるプールへ飛び込む危険度の高いシーンの演出など、命がけって本当に美しいと思った。3日間で計4つのショーを観たけど、そういう時も楽しみながら和紙のことは考えていますね、絶対。

でも自然とそういう見方になるし、それを否定して、プライベートのために仕事を忘れようと意識することが果たして楽しいかと。仕事でも楽しめるし、忘れようとするほうがストレスになる。

西　仕事とプライベートの切り替えを意識されない。

堀木　でも、京都北部にある宮津に、海が見渡せるゲストルームを持っているんです。最上階で目の前は海と空。そういう部屋を持とうと思ったのが、45歳過ぎ。

西　それはそういう時間を持てるようになったのか、それとも「持ちたい」と思うようになったのですか。

堀木　両方ですね。たぶん。ぼーっとする時間がないと、体がつぶれるなって思ったから

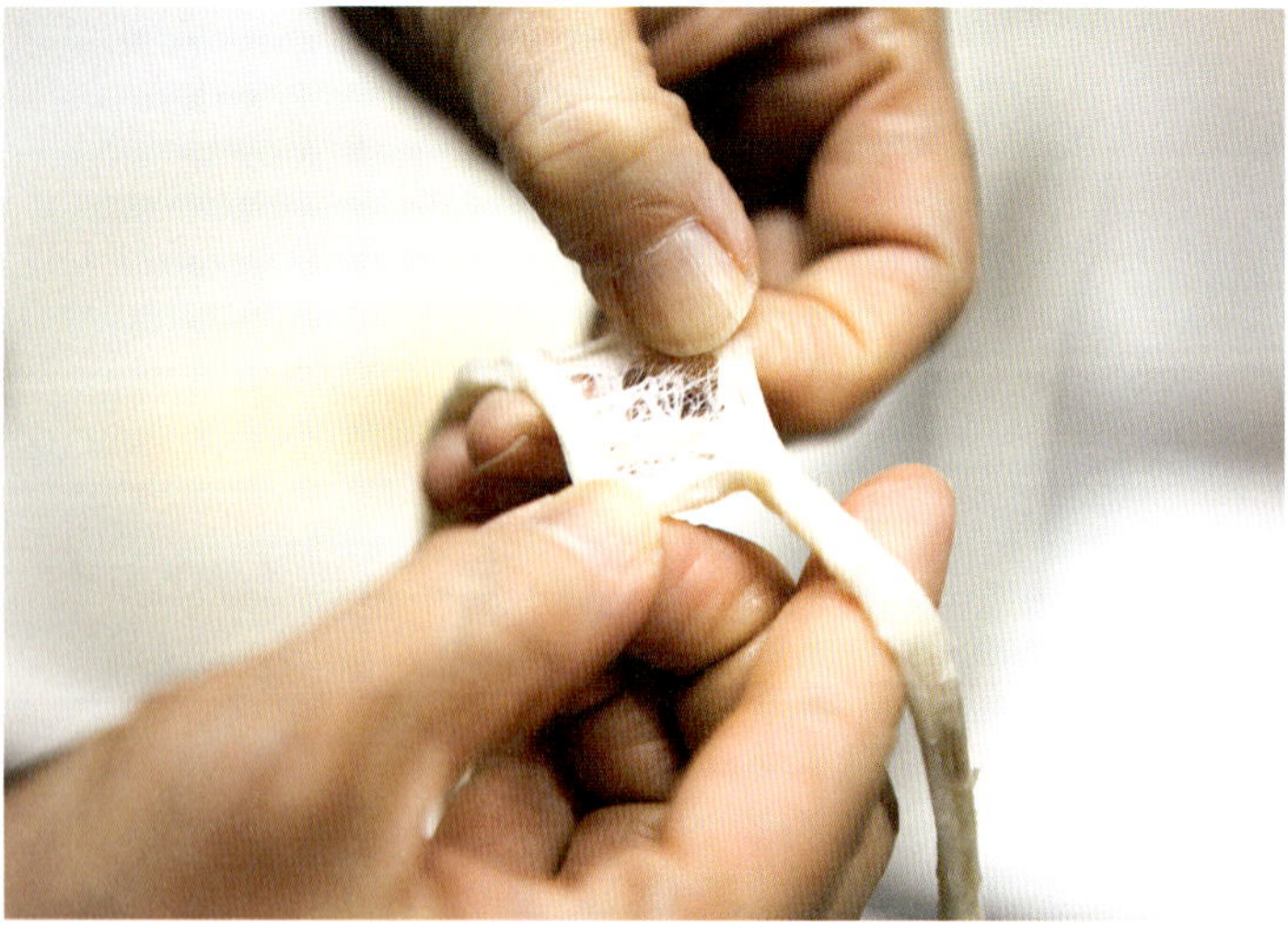

上／工房に入るなり堀木さんの顔つきが変わった。ホテルの光壁になる長さ12メートルもの作品は約1か月かけて制作される。全身を使いながら、タワシに含ませた水滴を全力で飛ばしていく（P72も）

下／楮（こうぞ）の繊維の状態を確認している

（堀木さんは実は2度のがんを克服している）。無理にでも、気持ちがいいなって思える時間をつくろうと、月1回か2回は行くようにしています。ぜんぜん違いますよ、気持ちが。そんな居場所がないとまた病気になっていたかもしれないですね。

でも、ぼーっとしながらも仕事のことは考えています。書類とかパソコンも持っていきます。でも海を眺めながらの仕事は、会社で仕事をするのとはまるで違う。波の音を聴きながら、風に吹かれながら、時にはシャンパンを飲みながら。

「後ろ姿」で人は育つ

西　まだ早いですけど、リタイアについて考えたことは？

堀木　あんまりないけど、年齢によって、仕事の仕方は変わると思う。いまは前例がない分野を切り開くために、手を動かして足を動かしている。でも、それには体力がいるから。腰をかがめて大きな和紙をすく作業が、いつまでできるかっていうと、あと6、7年は大丈夫かなと思っているけど、その先は違う視点でやっていかないといけない。

いまは大学の先生などの誘いも客員教授としてしか受けていないけれど、後世にどう受け継ぐかも考えていかないと。日本のものづくり全体が見られるような位置で、これまでの和紙作りの経験があらためて役に立てばいいわけでね。

西　１５００年続いた和紙の文化をこれからも残すという意味で、後継者を育てる取り組みなどはされているのでしょうか？

堀木　育てようと思ってもできるもんじゃないんですよ。私ができるのは、後ろ姿を見てもらうことだけ。この会社のスタッフだけじゃなくて、日本のものづくりの世界全体でね。和紙の世界でこんなに新しいことができるんだったら、自分たちも頑張ろうと思ってもらうことが大事。

あとは、職人技の精神性をきちんと伝えること。白い紙は「神」に通じるからと、不浄なものを浄化して贈答するために祝儀袋や熨斗を使ってきた、おもてなしの心ですよね。ていねいに熨斗紙をかけてから贈答品を送り、神さまのお供えものも白い和紙の上に置く。年末になったら障子を張り替え、部屋の空気を清浄なものにしてから新しい年神さまをお迎えする。

受け継がれているのは、人が人を思うそういう気持ちなんです。そこを伝えなければならない。いまの人が知らない話の語り手が必要だと思います。

体が動かせなくなったからといってリタイアしなくても、できることはある。積み重ねた経験をより広い業界に還元していくってことだってできる。私はいくつになっても何かやっていると思いますよ、きっと。

東京五輪の聖火台を和紙で

西 40代、50代になれば、20代、30代の時とは明らかに体力が違うでしょう。それを感じると、いまと同じことがいつまでできるかなと思いはじめて、逆算というか、いつまでにこれだけはやっておきたいという焦りが出てくることはないんでしょうか。

堀木 ない(笑)。私の場合、スタートは必ず人からの要望。だから、あれがやりたい、これがやりたいみたいなのはないんです。

……ただひとつだけ、いまは夢があってね。それは、2020年に開催される東京オリンピックの聖火台を和紙でつくること。夢は語らないと実現しないから、これだけは言い続けています。聖火台そのものは難しくても、その周りは和紙で演出することは可能なわけじゃない？ 大きな海のような和紙のアプローチを聖火ランナーが走り抜けてもいい。階段も和紙を使って、奥から明かりが漏れて、というのもおもしろいよね。世界中の人が、ものすごくびっくりすると思いますよ。日本のものづくりのすばらしさを伝えるためにも、開会式をどう構成するかって非常に重要だと思うんです。

西　それずっと考えておられるわけですよね。

堀木　考えてる。言ってる。会うひとみんなに。この本にも絶対書いといてね（笑）。こんな発想をするのは、私が陸上選手だったからというのもあるかな。

西　え⁉　僕も陸上部なんです（笑）。

堀木　私は一番つらい競技と言われる４００メートルの種目をやっていました。

西　僕は１５００メートルでした。４００なんてようやりましたね⁉　４００ってめちゃくちゃキツいんですよ、僕1回、十種競技に出たことあって、４００走らなあかんかって、その時は１５００なんかよりよっぽどキツかったです。

堀木　そう、全速で走り終わるともう体が動かない。酸欠で指先も脳みそもチリチリしてくる（笑）。

西　ほんでゴールした瞬間におしりが……

堀木　〝ケツワレ〟するんよね（笑）。

西　おお、陸上用語！（笑）ようわからん鈍痛がグン！ってくるんですよね。４つに割れるくらい痛い。４００なんて、自分で選ばれたんですか？

堀木　もともと挑む壁は高ければ高いほどいいと思う性格で、それでチリチリするまで働いていたら、病気になってしまった。20代は寝る時間も惜しくて、2〜3時間睡眠が当たり前でね。仕事も人の倍ぐらいの速度でするけれど、食べるのもお風呂も早いし、何でも早い(笑)。人の3倍くらいのスピードで生きてきたのかもね。

西　若いころは走り続けているほうが気持ちがいいし、体もついてきますもんね。逆にのんびりしてると不安というか。でも、誰の人生にもそういう考え方、働き方を変えていくターニングポイントは訪れますよね。しかし今日は堀木さんから〝ゲツワレ〟という言葉を聞くとは思いませんでした(笑)。

堀木　いえいえ、わたし、弱いんです(笑)。本にも書きましたが、耳にピアス用の穴も開けられないほど怖がりだし、友人からは、「精神的に女子高生。好きな人ができたらすぐに顔に出る。失恋してもすぐわかる」と言われているほどだから。そのうえ、涙もろいんですよねぇ。

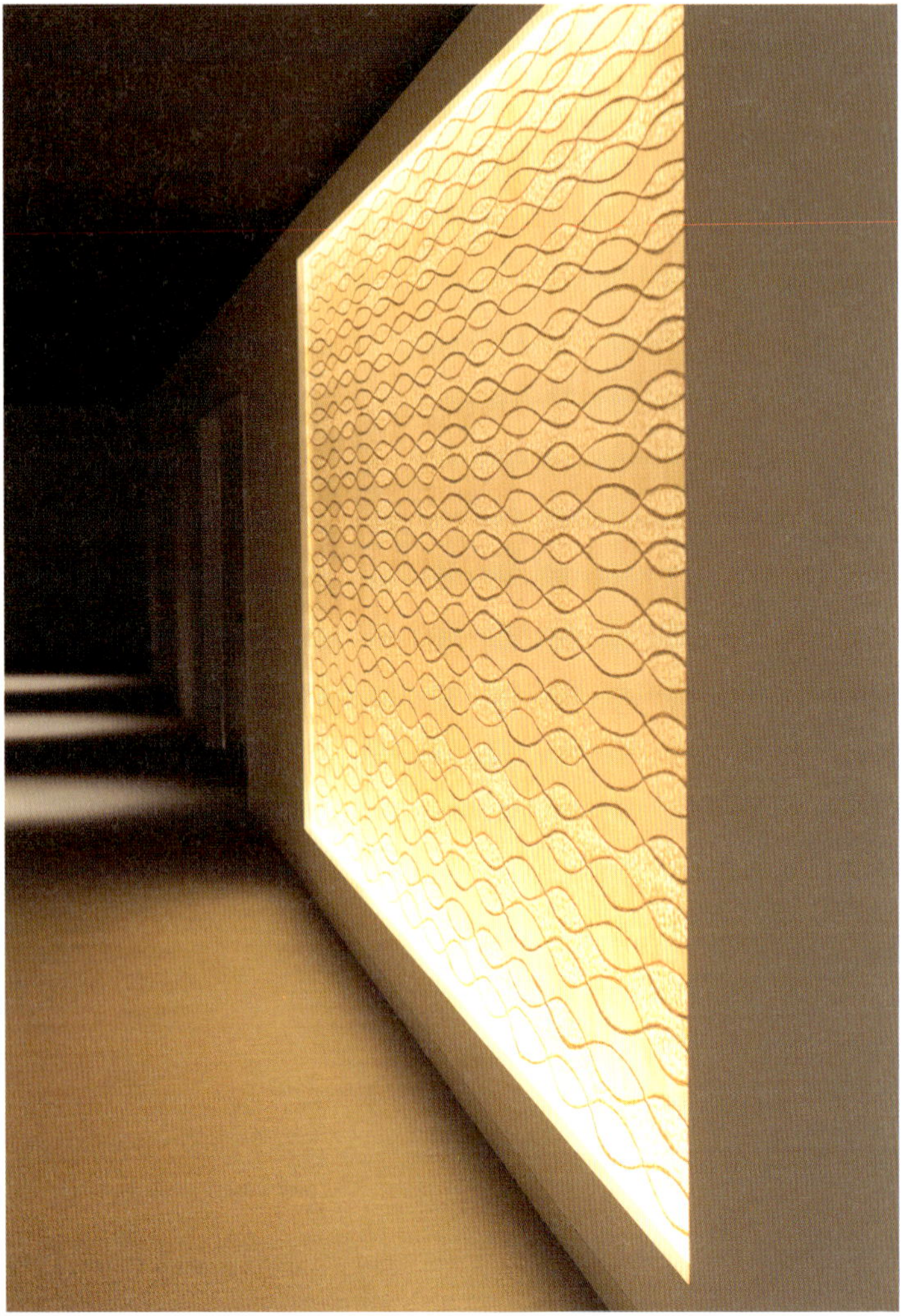

ショールームの廊下でまず和紙と光の競演
に驚く。デザイン画は左の写真のように、
堀木さんの手作業で描かれる

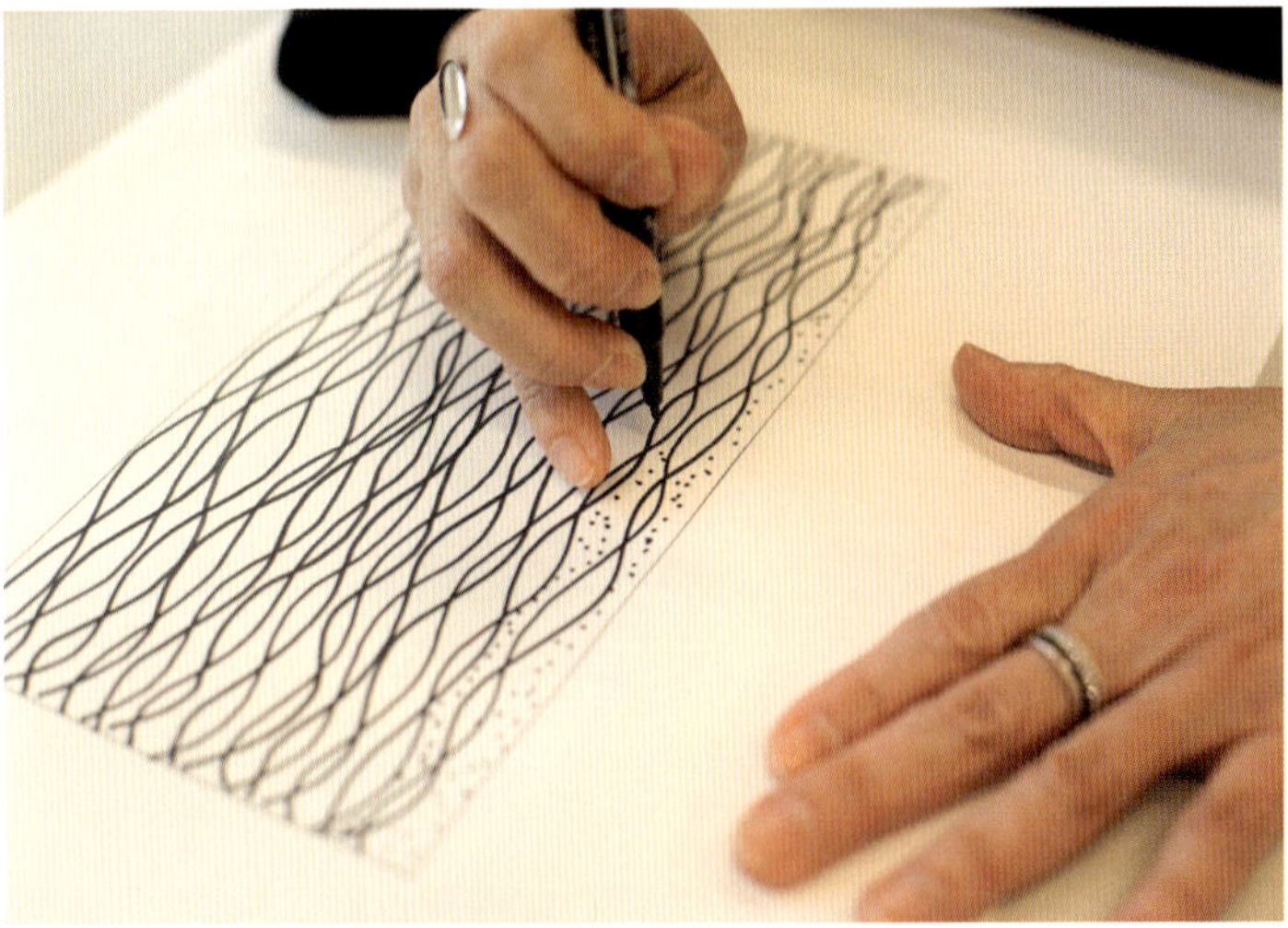

上／淡々とデザイン画をこなす堀木さん。デスクの上に余分なものは本当になく、撮影時に除けた物は水の入ったペットボトルのみ

下／迷いなく線を描きこんでいく。独特の指遣いで愛用のマッキーを走らせ、あっという間に1枚を完成させた

私は「自分にしかできない仕事があるはずだ」という考え方はある意味で自分を追い詰めてしまう面があると思っている。そう話すと、堀木さんはそれでも「探せば必ずある！」と断言された。そこで彼女が口にした「利他」という言葉にはっとした。自分の幸せ、充足感のためでなく、だれかのためなら、確かに自分にしかできないことはある。そうか、そういうことかと腑に落ちた。

堀木さんは京都生まれ、大阪育ちだから、関西のイントネーションで話す。でも語り口は江戸っ子のような歯切れのよさとテンポがある。質問と答えのあいだに考える間《ま》がほとんどなくて、会話のなかで「そうやねえ……」などと考え込む場面もない。不思議な声の響きだと思った。シンプルにそれが堀木さんのスタイルということもできるし、ベタな解釈をすれば、彼女という人格の中で伝統と革新が融合しているということが、象徴的に顕れているのかもしれない。

会話のなかでほんの数回だけ、堀木さんの何か違う表情が見えたと思った瞬間があった。たとえば、月に2回くらい海を見ながらぼーっとする時間をとっているという話、そして陸上部で400メートルの選手だった話をしている時の笑顔は、とってもチャーミング

＊
＊
＊

だった。

ちなみに、私がいちばんの笑顔だと思ったのは「私の場合、スタートは必ず他からの要望。ただひとつだけ、夢があってね」と言われた時だ。自分のやりたいことが一番じゃない、相手の要望をどんなふうに叶えるか、もしくはそれを超えるか、というのが堀木さんの仕事の軸なのだ。

「だけどひとつだけやりたいことがある」と言う時のちょっと照れくさそうな、でも誇らしそうな顔が強く印象に残っている。

ちなみにその夢というのは「東京オリンピックの聖火台を和紙でつくる」。私が同じ和紙職人なら、「燃えるやん、そりゃ無理やで」と答えるだろうけど、堀木さんなら、やってしまうかもしれない。

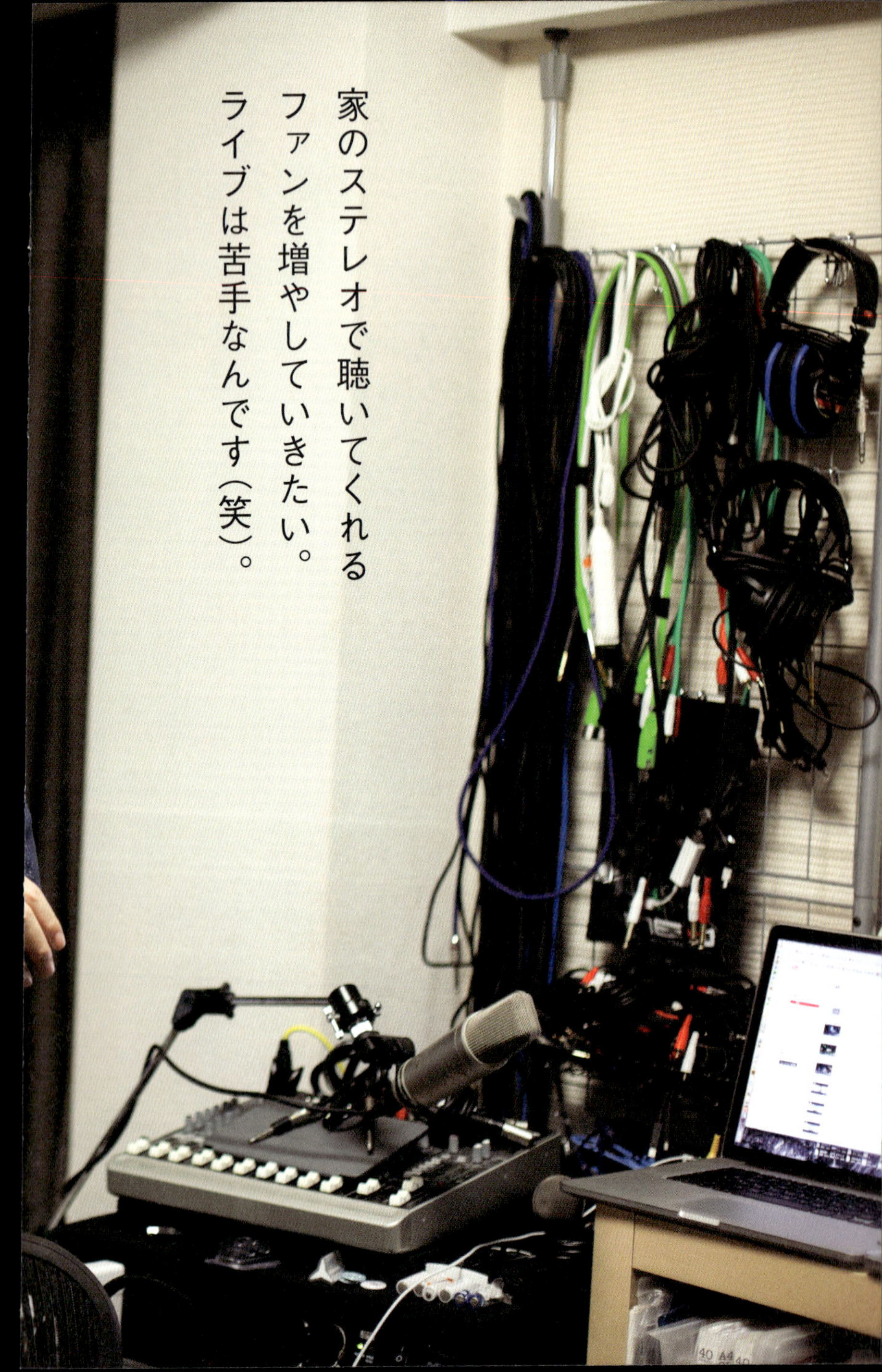

家のステレオで聴いてくれる
ファンを増やしていきたい。
ライブは苦手なんです（笑）。

ミュージシャン・音楽プロデューサー・DJ

tofubeats さん

トーフビーツ

1990年生まれ、神戸在住。学生時代からインターネットで活動を行いジャンルを問わずさまざまなアーティストのリミックスやプロデュースや楽曲提供を行う。2013年4月にスマッシュヒットした「水星 feat.オノマトペ大臣」を収録したアルバム「lost decade」を自主制作にて発売。同年秋にはワーナーミュージック内レーベルunBORDEから「Don't Stop The Music」でメジャーデビュー。2014年10月2日（トーフの日）に、豪華ゲストアーティストを招いたメジャー1stフルアルバム「First Album」を発売。同年12月には森高千里とのコラボ・アルバム「森高豆腐」を、2015年4月にメジャー3rd EP「STAKEHOLDER」をリリース。2015年9月16日にはメジャー2ndアルバム『POSITIVE』、2016年1月には『POSITIVE REMIXES』が発売され、各地で話題を集める。

「音楽で食べていくのは大変だ」とよく言われる。彼氏が売れないバンドマン、なんていう設定はテレビドラマでもコミックでも、よく目にする。だから我々は、それでも音楽活動を続けている人のことを、「損得を抜きにして音楽が好きな人たち」だとなんとなくそう思っている。

もちろん、メジャーなレコード会社からは毎月、毎週、多くの新譜が発売され、そのうちのいくつかは多くの人に買われ、聞かれる。ただ、それとて簡単な話ではない。そもそもCDが売れない時代なのだ。配信、フリー音源、いろんなかたちの音があふれ、「CDを買う」という行為を我々はあまりしなくなった。実際、街からはどんどんレコード店、CDショップが姿を消している。メジャーのステージに立っていても、「音楽で飯を食う」のはとても大変な時代なのだ。

tofubeatsさんは関西学院大学を卒業し、そのままプロとしてデビューした神戸在住のミュージシャンだ。彼は「うめきた未来会議MIQS」のプレゼンテーションで、とてもユニークな、でもとてもまっとうな「音楽とお金」について語ってくれた。好きでやってるだけですから、お金のことなんていいんです、というのとも違うし、「売れるため」から逆算してビジネスとして音楽をやるというのとももちろん違う。とても興味深い話だ。そのあたりをもっと詳しく聞きたい。ただそれだけを思って、彼との対談に臨んだ。

曲づくりは自分へのカウンセリング

西　ミュージシャンといっても、tofubeatsさんは楽器を演奏されるわけではないし、楽譜も読めないと聞きましたが、本当ですか？

tofu　ギターもベースも弾けないです。楽譜も読めません。鍵盤も弾けなかったんですけど、″打ち込み″（コンピューターで演奏情報を入力して再現する音楽）はキーボードが最低限は弾けないとできなくて、とりあえず買ったら多少は弾けるようになった。だから、弾かなきゃいけない時が来たらギターとベースも弾くやろなと。いまは埃かぶって眠っていますけど（笑）。40歳とかになってギターをはじめるのもおもしろいかなとも思っています。そんな気分になったらやるかもって感じですかね。

西　だいたいはボーカルなりギターなり、自分で音を出す活動があって、そのあとにプロデュースの方向に行くみたいな、音楽業界的なステップのようなものがあると勝手に思っているんですけど、tofubeatsさんはそうじゃないんですね？

tofu　やりたい音楽があるから、それをもうプロデュースしちゃって、ギターとかボーカルとかは上手い人に来てもらうと。

tofu　ただ、演奏はしないけど、結局自分で打ち込んではいるので、上手くはないけど、聴かせるフレーズは自分で捻り出さねばならない。そこがちょっと違うんで、ややこしい。それっぽく音を鳴らす技術みたいなのは習得している、つもりなので、エンジニアみたいな感じですかね。

西　なるほど。音楽を生み出すにも、いろんなアプローチがあるんですね。

tofu　僕は音楽的な背景がない分、行き当たりばったりでつくったりもします。そこが上の世代のミュージシャンたちと話ができないところで、悩みでもある。なんで音楽の仕事が続いているのか、自分でも不思議(笑)。ただパソコンがあれば、思っていることが曲になって、それを自分で聴いたら「俺はこう思ってるのか⁉」ってわかるのがおもしろい。

最近よく言っているのが、曲づくりは自分のためのカウンセリングみたいなものだということ。パソコンという大きなキャンバスがあって、後からそこに描かれた絵を観て、なるほどって思えるのが楽しい。最近思うことです。パソコンが自分を引き出してくれる。

西　自分のためのカウンセリングですか。「へえ、自分からこんなものが出てくるのか…」という感じ?

tofu　気持ちを表現するっていうか、引き出してくれるんですよ、パソコンが。あとから曲を聴いて、俺はこういう気持ちなのねって思う。

西　じゃあパソコンがなかったら音楽やってない？

ｔｏｆｕ　やっていないと思います。頑張ってやってたかな？　いや、絶対にないと思います。

文章を書くほうに行っていたかも。いまも遊び半分でライター業を少しやっているんですけど、出来上がったものをひとつひとつ並べていくという作業が好きという意味でも、文章を書くほうが楽器を弾くよりは楽かなって思います（笑）。

モテも楽器もあきらめ「打ち込み」

西　中学の時からブログを書き続けているそうですが、何かきっかけがあったんですか？

ｔｏｆｕ　最近は主にツイッターを使っていますが、月1回の連載はいまも続けています。ブログのきっかけは恨み節（笑）。男子校の中学に行きたくて行ったけど、1週間で後悔しはじめて、しんどくなって……。

あとは買ったＣＤの記録をミクシィに上げていました。そのＣＤの広告を載せれば、月100円くらいの収入になるんですよ。100円あったら中古のファミコンのソフトが一本、楽天で買えた。それが楽しみでした。

西 歌とか楽器にはもとからあまり興味がなかった？

tofu いや、幼い頃は歌いたいとか演奏したいと思っていましたよ。でもいろいろあって、小学生の時に自分は音痴だ、ピアノとかにも向いてないってわかった。それでも中学生の時、「楽器をやってモテたいし」とベースを選んだ。でもできなくて、1週間で友達にあげちゃった（笑）。

で、打ち込みの音楽とかを聴くうち、これはパソコンでできるし、楽器ができなくてもいい。ひとりでもやりたいときにできる。「パソコンはすごい！」みたいな感じで、どんどんハマっていきました。

西 「モテたいし」と言っていましたけど、モテようと思うと「ステージでやらなあかん」って感じにはならないんですか？

tofu だから最初は、〝竿《さお》もの〟っていうか、モテるって言われるベースとかギターを……。

西 竿ものって言うんですか（笑）。

tofu 華がある楽器っていうか。もう中学1年生の時点でボーカルは無理っていうのはわかっていたんで、消去法でベースに。でもモテるのも、ベースも1週間で諦めた。

自宅兼スタジオの目立つところに鎮座する竿もの（ベースとギター）は折にふれて眺める。その奥にはレコードがぎっしり

西　見切り早いですね（笑）。

tofu　「そういえばここ男子校やん、意味なかった」と。そこからむしろ音楽とピュアに向き合うことができるようになった。「僕は打ち込みや！」って。

だっておもしろくないですもん。練習しないと弾けるようにならないなんて本当につまんない。パソコンでやったらギターの音出してくれるのに、なんでわざわざギター弾かなあかんねんって。

西　ホントですか？　いま、すごいこと言いましたよ（笑）。

充実感は「楽曲の完成」

tofu　「弾けたらカッコいいやろうなぁ」とは思いますよ。でも、一方で、なんでこの人、こんなに練習とか頑張れるんかなって思う自分もいる。

西　たぶん、ですけど、突き抜けちゃうと、頑張ってるという感覚もないんじゃないですかね？　昔、取材したことのあるウクレレプレーヤーのジェイク・シマブクロさんなんて、ステージでウクレレをガンガン弾いて、楽屋に戻ったら気分転換にギター弾いてた（笑）。

楽器を触ってるほうが落ち着くって。

tofu　コンピューターに打ち込んだ音のフレーズは消えない。でも、ギターを弾けても、〝弾ける〟だけで後に残らない。打ち込みはしたことが全部データとして積み上がっていくんで、それがすごく好きなんですけど、ギターとかはいまだにね。音はカッコいいと思うし、そんな音を出したいとは思うんですけど。

　それを頑張って練習して弾けるようになる達成感を得たいというのは基本的にない。「この難しいフレーズが弾けた！」みたいなのがない。そんなことより、それを〝つくる〟ことのほうに興味があるんです。

西　でもずっと頑張っていたら、パカーンって何かが開けて弾けるようになるかも。そうなったら、やっぱり嬉しいんじゃないですか？

tofu　だから、楽器を買うところまではいくんですけど、やっぱり曲をつくらなきゃいけない。1日何時間も練習する時間がないし、弾けたとしてこれで飯を食っていくわけでもないしな、と。その分ちゃんと打ち込みを頑張っているんですけど。

西　なんかおもしろいですよね。

tofu　練習が嫌いなだけなんです。打ち込みは練習しなくてもできる。パソコンってほんと素敵というか、素晴らしい。

西　パソコンやネットがなかったら引きこもりになってたかもって、「うめきた未来会議MIQS」ではおっしゃってましたよね。

tofu　まあ結果引きこもりなんですけどね（笑）。

西　ひとりの作業になっちゃいますよね。さみしくはないですか？

tofu　そうですね。僕のアルバムはよくゲストボーカルが参加しているんですけど、それはさみしさゆえ（笑）。

西　ああ、人間臭くていいなぁ（笑）。一人でできる楽しさと寂しさを、こんなにあからさまにしゃべってくれるなんて。

tofu　僕は、昔のスタジオミュージシャンみたいな感じに近いのかもしれません。楽曲が完成した時が一番うれしい。過程にあんまり興味がない。曲が出来上がって音源になったらめっちゃうれしいんで、しんどいけどつくる過程も頑張るという感じです。

就職は決まっていたけれど

西　関西学院大学経済学部に通われていて、普通に就職されるつもりだったんですよね？

ｔｏｆｕ　高校2年の時、新人アーティストを発掘する仕事をしていたマネージャーさんに出会って、その後5年間、二人三脚で活動しました。

でも、彼が発掘したアーティストの中で僕だけがどうにもならなくて。大学4年の時、「もうあかんわ、メジャーはあきらめろ、就職しろ」と言われたんです。

西　その高校2年生から大学4年生までって、どんな気分やったんですか？

ｔｏｆｕ　音楽ができるからうれしいなくらいの感じで、楽しくやっていましたよ。2人でなんか仕事できていいなみたいな。でも頑張った対価みたいなものって、ミュージシャンの場合だと課長になりましたとか部長になりましたとかってステップアップがないじゃないですか。ハクがつくといったら、メジャーデビューするぐらいしかなくて。それで、大きなアーティストさんの仕事があって、自分の中ではこれはいけるやろって納得するほどの出来だったんですが、メジャーデビューは無理だったんです。

だから「これじゃ食っていかれへん、就職します」って、東京神田にあるプログラミングの会社に入ることになったんです。プログラマーの仕事をしつつ、ＷｅｂページのＢＧＭとかもつくることができて、しかもいきなりめっちゃ給料いい、ラッキー！みたいな。

でも、僕、病気をしてしまって御破算になりました。こうなったら最後の思い出に、と自前で制作したアルバムでインディーズデビューしました。

西　人生、何がどうなるかわからないですね。

tofu　本当に。西さんも番組で世界中いろいろ行かされるとは思っていなかったわけでしょう？（毎日放送「ちちんぷいぷい」の「60日間世界一周」企画のこと）

西　観てたんですか？　それはやりにくい！（笑）

tofu　僕は関西在住。しかも主に在宅作業なんで、めっちゃテレビ観ますからね（笑）。

「音楽で飯を食う」方法

西　それはさておき、今日はね、「音楽で飯を食う」っていう、なかなか大変なことについて聞きたいんですよ。「飯を食えるようになるには」というノウハウじゃなくて、実際に音楽を続けて飯を食うという、その辺のリアルな話をぜひ。

tofu　そうですね。CDがなかなか売れないこの時代にあっても、音楽はずっとやっていきたいと思ってます。かといってライブだけで食って行くようにはなりたくない。僕はつくるのが楽しいんで、人前でやるのは別と思っていて、何ならやりたくないぐらい（笑）。でも確かにいまはCDが売れなくて、ライブのほうが儲かるからやらなきゃいけないとか、まさにそういう問いにぶつかっている。

西　そんななかで、僕がtofubeatsさんのＭＩＱＳでのお話を聞いて強く引きつけられたのは、フリー（無料）で発表していた作品がひとつのムーブメントを起こし、その後から課金したら、ちゃんと売れたっていう話です。

tofu　ＭＩＱＳでは、実家が営む八百屋に例えて話したと思うんです。ミカン1個100円という売価のうち、50円は仕入れ値や人件費、いわゆる原価。にもかかわらず、それを100円で買ってもらうこと、50円のものを100円で売って儲けさせてもらうことを、八百屋はお客さんに納得させなければ、商いは成り立たない。八百屋の場合は目利きであったり、特別な仕入れルートがあるとか、納得させられる理由が見せやすい。

けれども、音楽はそこをどうしたらいいかがわかりにくい。いま、ＣＤが売れないのは、聴いている人がその差額を払うことに納得できなくなっているんじゃないか。音楽が0円でコピーできるようになったために、音楽の原価は限りなく0円に近いと思われるようになった。

でも、そんな時代にあってもムーブメントを起こせば、ＣＤを買ってくれる人はまだいるし、iTunesの1位を取ることはできるんだよというロマンの話をして、これからも頑張ろう！っておもしろおかしく話を結んだ。ですけど、本音を言うと「ただただヤバいぞ」ってことで。そして、その状況はさらに深刻度を増していると。

西　いい話だと思って聴いてたんですけど、やっぱりそうなんですね。無料で聴ける音楽にあえてお金を払うというのは確かに簡単な話じゃないですよね。そこでお金を払ってもらえる音楽とそうでない音楽の違いはクオリティですか？　それとも「橋の架け方」みたいなもの？

tofu　それはもう橋の架け方でしょうね。ただ、楽曲に対してお金を払う行為が、つくり手であるミュージシャンをサポートすることだとわかっているユーザーと、単純に買って消費するだけって思っているユーザーには大きな隔たりがある。そこが問題なんです。

西　tofubeatsさんの曲のなかには、CD発売後もフリー（無料）でダウンロードできるものもあります。

tofu　それは、お金を落とすか落とさないかは、買う人の判断に委ねる、というセールスのやり方だったから。当時は、まだインディーズだったから、言葉を尽くして自腹で収録していることをアピールしたり、バックボーンづくりを頑張った。これから作品を世に出して行くうえで、どれぐらいのリスナーの理解があるかを確かめたかったんです。

上／自宅兼スタジオにはパソコンとさまざまな音響機械が並ぶ。ライブなどで移動する度に約30kgの機材を持ち歩かねばならない

下／10時間近くパソコンの前に座ることもあるため、椅子はハーマンチェアを奮発。でも「本当に集中しているのは10分ぐらいかも」と

楽曲を「買う」ことは？

西 たぶん気づいてはると思うんですけど、tofubeatsさんが言っていることって、仕組みとしては昔からあるかたち。「単に商品を買うんじゃなくて、アイデアと唯一性を評価してよ」。平たく言うなら「音楽を消費するんじゃなくて、ミュージシャンをサポートしてよ」ってことですよね？

以前、「本を買うとは、どういう行為か」をテーマに、思想家の内田樹先生と精神科医の名越康文さんとラジオ（MBS「辺境ラジオ」）で話したんですが、それは「コンテンツを消費する」ことではなくて、その本を書いた著者を「小なりとはいえサポートする」ことだ、という結論になった。「あなたの本が読みたいです」と意思表明することだと。

tofu そう、僕は、自分の音楽を聴いてくれる人を、そういうことをわかってくれる方向にもっていきたい。単純に流行っているから買って聴こうっていうんじゃなくて、曲からはじまるいろんなものを知ってもらいたい。ひとつの場所にとどまらないで、奥行きのある音楽の世界を楽しめるよう、この曲にはこんな背景があるとか、こんな曲から影響を受けているとかの情報を、DJをやったり雑誌記事などを書いたりして提供するようにしているんです。

たとえば山下達郎さんが好きやったら、ライブに行ってすごくよかったっていうだけじゃなくて、パーソナリティをつとめるラジオ番組の「サンデー・ソングブック」（TOKYO FM系日曜14時放送）を聴いて、こんな曲あんねやって音楽の知識を広げる。そこで、山下達郎の曲とちょっと肌触りが似てるな、じゃあこれも聴いてみようとか、そういう奥行きをアーティストの側が提示できるかどうか。やっぱりある程度は説明しないと、リスナーもそういう世界をわかってくれない。

だから、地道に音楽好きの聴き手を育てることが、結局、つくり手への投資にもなるし、最終的にはそれが世間の評判となって返ってくるんです。いまは音楽が集団の幻想やイメージだけで売れる時代じゃない。みんなの心をひとつにして、100万枚！なんて物理的に無理なんですよ。

AKB＝握手券ビジネスは？

西　ファンがサポートするスタイルを逆側に大きく振るとアイドルグループのAKB48みたいなことになる。そこはどう思っていますか？

tofu　ビジネスとしてめっちゃいい。最高のビジネスをプロデューサーの秋元康さんは思いついたなって思いますね。

秋元先生は音楽にあんまり興味がない。「ベースラインとか聴こえなくていい」って有名な発言がありますけど、街のスピーカーで聴くのにベースなんていらんやろ、と。世間の最大多数に合わせるその度合い。僕はああはなれない。だから余計にすごいなと思います。

西　アイドルとかタレントとしてのAKBの魅力って何なんでしょうね？

tofu　元気でかわいくておもしろいところ？　でもAKBが好きなのは芸能人としてだけで、曲はまじで1曲も知らないんです。大阪のNMB48のメンバーの中に、ラジオで僕の曲を紹介してくれた子がいて、「tofubeatsさんのめっちゃファン！」って公言してくれてうれしい(笑)。そういう普通の感じですけど。

西　そのアイドルが握手券つけてCDの売り上げを伸ばしているのは……。

tofu　たしかに、握手券欲しさに買われたものの封も開けられない大量のCDが山のように残されていますよね。ただあれを除いたら、いまの日本の音楽マーケットというか音楽シーンってめちゃくちゃ規模が小さくなるじゃないですか。オリコンのデイリーランキングで1位はAKBのシングル。でも1000枚以下という現実です。

日本では、音楽業界と豆腐業界とがほぼ同じ規模って説があります。韓国の仕事も少しやっていますけど、向こうは大きいステージにインディーズの曲とかをバーンと差し込もうとか、音楽的な気概がまだある。一方、日本の音楽業界は「このメロディは刺さらない」とかいまだにそんなことを言っている。規模だけでなく気概もないですよね。

日本には普通におもしろい音楽をつくって売れている人もほぼいないし、そういうミュージシャンが受け入れられる土壌もない、聴き手を育ててもいない。業界がアイドルと握手したさにCDを買う人しか育ててこなかった。

そのショービジネス自体の結果のしわ寄せが、いま来ていると思っていて。言うなれば焼け野原状態……。

Tシャツや握手ではなく

西 その焼け野原で、好きなミュージシャンをちゃんとサポートしてくれる人を音楽につなげる方法論として、インタビューを受けたりライター業をやったり。いうなれば、それは飛び道具を使うんじゃなくて、地道にやっていこうっていう感じですか？

tofu 飛び道具みたいなのもあったら良いなと思ってますよ。

西 思ってるんだ(笑)。

ｔｏｆｕ　歌手の森高千里さん、DreamのＡｍｉさん、ＳＭＡＰさん、ＹＵＫＩさんとか、ゆずさんに楽曲を提供したりといろんな人と仕事をさせてもらっていて、ご本人たちからはそれなりの評価は得られている。でも、思っていた以上に聴き手に伝わらない。

西　どういうことですか？

ｔｏｆｕ　ＣＤを買うおもしろみとかが伝わりにくいのかなと。僕とかは好きなんですけど、なかなか世の中の人はね。

ライブのチケットは８０００円とかするので、ＣＤなら３枚４枚買えるんですが、ライブのチケットの方が売れるのが不思議で。ＣＤは何百回も聴けるんだから、ライブに比べると安いなあとか思うんですけど。

インスタグラムとかで、Ａｍｉさんが「tofubeatsさんの曲に参加しました」って写真をアップしてくれたら、「いいね！」が３万とか４万件ついて、「絶対買うよ！」ってたくさん書き込みがされる。でも３万なんて、ぜんぜん売れてへんし(笑)。

アイドルと握手するために買われるＣＤもそうですけど、曲の売り方がインスタントになりすぎているというか。でもそれは、そこまで人をハマらせることができていない、作り手側の責任でもある。メディア全体の中で音楽の力が弱まりまくっている証拠かとも思います。

いまの音楽は、握手会とかライブといったコミュニケーションの部分だけが残ってしまっていて、聴く行為からはかけ離れているのかも。家のステレオで曲を聴いてみたいな、と思うファンを増やすことができたらありがたいなと。

西　たしかに最近、ライブとかに行くと、やたらグッズ紹介の時間が長くて。タオルとか（笑）。

tofu　僕らはTシャツや握手で飯を食いたいわけじゃない。ある芸能事務所の社長が「うちは音楽をメインに商売できていない」って。その社長は音楽がめっちゃ好きなんですけど、結果そうなっちゃったから「ちょっと後悔してる。だからお前らは音楽で頑張れ」って言ってくれたんです。これ、金言ですね。音楽で飯食っていきたいんやったら頑張らなあかんって、あらためて思いました。

西　音楽で食べていくということが、音楽そのものを追い越してしまっては本末転倒だと。

tofu　それをこれまでの業界自体がCDの売り上げのためにやっちゃったことのツケが、僕たち若い世代に回ってきてバチバチぶつかってきて。

業界の諸先輩の責任は重大というか、僕らからすると、けっこうな月収もらって何やってくれてんねんって話です。こっちは自営業で、去年なんて月収2万円の時ありましたからね。泣きながらその日のうちに使い切りましたよ。「こんなんいらんわ！」って（笑）。

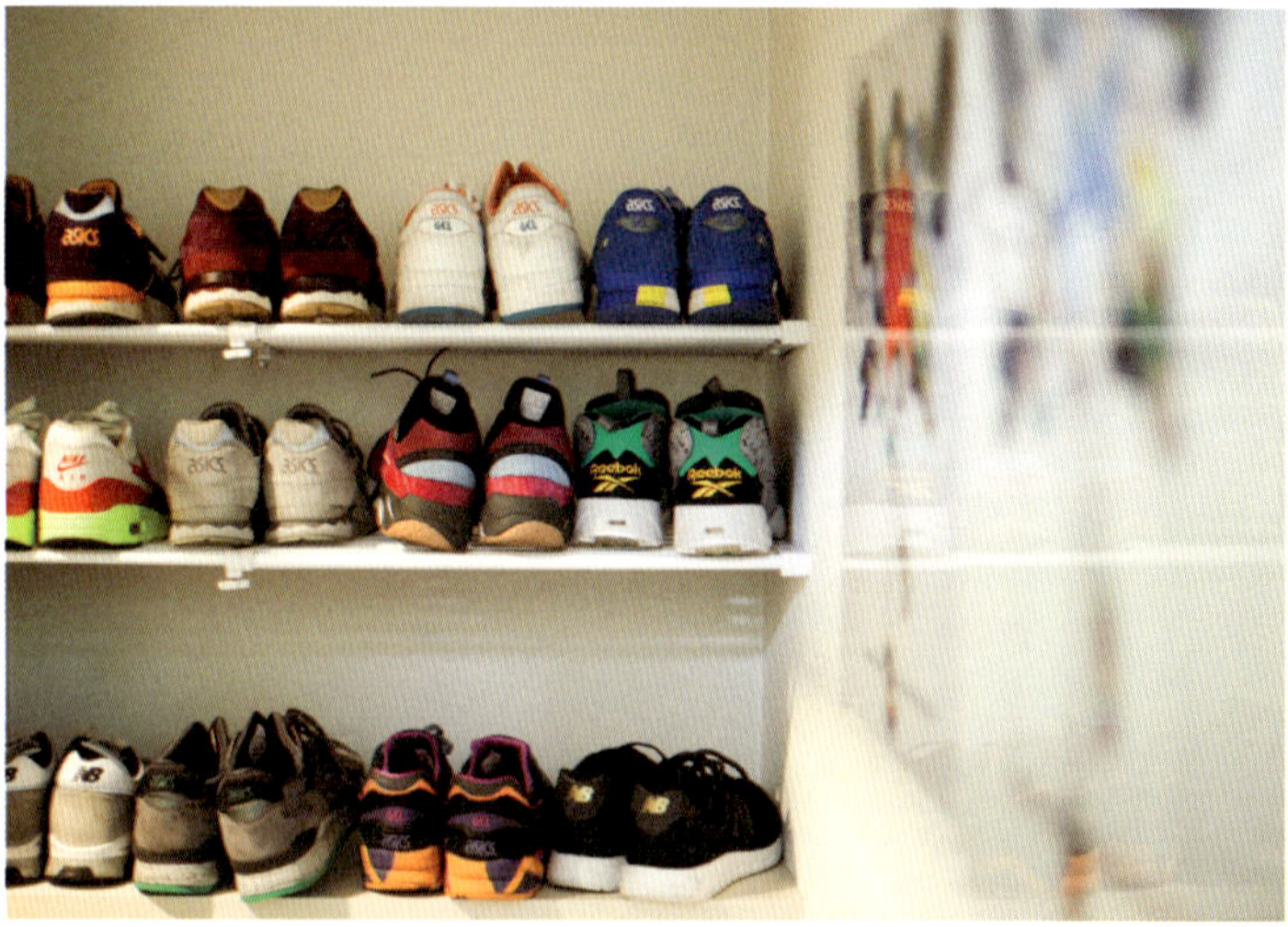

上／楽譜のような意味を持つパソコン画面。「これがピアノの音でこっちがギター」と教えてくれるが、見る方はさっぱり意味がわからない

下／趣味と実益を兼ねたスニーカーのコレクション。さまざまなメーカーのカラフルなものが整然と。対談時には「後ろがパカパカ動く」スニーカーを履いて梅田・茶屋町のMBSへ

というふうに、過去の世代に恨みはありますけど、いま好き勝手できるのはこういう時代のおかげかも、とも思いますね。とにかくご飯は食べられているんで、ぎりぎりセーフ。ホンマにガッカリすることは多々ありますけど、芸能界的なしがらみとか、虚像の部分から遠い場所にいるからこそ、メジャーにいて、こんなざっくばらんな話もできるわけです。

地元・神戸から見る「東京」

西　わざわざ神戸に住んでいるというのも理由があるんですか?

tofu　一歩引いた位置で自分たちの価値がしっかりわかる場所にいたほうがいいと思うから。

西　冷静に分析しているんですね。

tofu　東京にいると、近くにいるからという物理的な理由でオファーが来る。でも、それはその人の音楽性を認めてくれたわけでは必ずしもないこともある。そういうオファーを、金になるからといってこなしているだけでは、単なる便利屋になってしまう。音楽が商売に追い越されないための防護柵という意味でも、神戸に軸足を置き続けているんです。

神戸から東京まで、わざわざ呼びたいと思ってくれる人からの仕事だけを受ける環境でやっていって、あとに続く人が出てきたらいいなとも思います。もしダメだったら、30歳ぐらいで他の仕事してるのかなあ。

西　この本で対談している建築家の谷尻誠さんも、「東京は情報が多すぎて、何かを創造するマインドになりにくい」って言います。便利だし、いろんな人に会えるし、発見もあったりするけれども、と。

tofu　モードが切り替えられないんですよね。だから、音楽を聴こうという状態になりにくい。よい音楽をつくるためには多くの曲を聴いて、自分が求めているモノがどこにあるのかを整理していかなければならないんですけど、東京ではそれが難しい。若手アーティストにとって、地方にいることはいろんな意味で「合理的」だととらえているんです。

西　僕ね、こんなに音楽とお金の話をちゃんと聞けたのって、はじめてかもしれないといま思っています。

音楽を真面目にやっている人にはお金の話を聞いちゃいけないみたいな思い込みがあってね。ほら、「自分たちの世界観をつくれば、金は後からついてくる！」みたいな神話があるじゃないですか。

ｔｏｆｕ　昔はついてきたんですよ。「アルバムをつくる」って言ったら会社がポンと大金を出してくれて、それでメンバー全員が家を買って、あまった金でアルバムを制作する。20年くらい前までは。
小室（哲哉）ファミリーとか、全員でファーストクラスに乗って外国行って、砂漠のど真ん中で曲つくって、データを送ったら日本で３００万枚売れましたって、うそやろその話！みたいな。天文学的すぎますよって（笑）。僕ら、いまアルバム１枚つくるのにファーストクラス片道分のお金もかけられないですもんね。
西　制作費がやっぱり下がってきているんですね。

海外の「いいとこ取り」をもっと

ｔｏｆｕ　それから海外には、昔のよい音楽と新しい音楽を両方売ろうってマインドがしっかりある。一方、日本には新しい分野を売ろうっていう意識が低い。
〝バズ〟って言葉（ネットやＳＮＳなどで取り上げられて、特定の話題に注目が集まって拡散されていく状態のこと）、みんな使うと思うんですけど、いまは「話題」にまつわるというかたちでしか曲が注目されない。ウェディングソング、桜ソングや卒業ソングとか。あと、カバー曲。日本でも歌手の宇多田ヒカルさんとか、小室ファミリーの全盛期には、最新の海外音楽をいかに忍び込ませるかみたいなチャレンジが結構あった。「WOW WAR TONIGHT〜時には起こせよムーヴメント」（1995年）っていうダウンタウンの浜田雅功さん（と小室哲哉さん）の曲は、「ジャングル」っていうジャンルの曲なんですけど、あの曲が100万枚売れたのは世界的に見てもすごいこと。〝世界で一番売れたジャングル〟って言われているんです。

イギリス発祥の音楽で、レゲエの影響も受けてあの曲調になった。そういう音楽が100万枚って、異常だけどある意味すごいことだった。それ以来、あんなムーヴメントは起きていない。

アイドルは日本特有のものだし、そこから派生するコンテンツも悪くはないけれども、そこから後の世代に残せるものがつくれるかどうかが、いまそうとう問われている気がします。

西　日本の音楽は聴く側もつくる側も立ち止まっちゃった状態だと？

tofu　そうですね。やっぱり聴く側もつくる側も進むことをやめたというか。新しいものに対して興味を持たない。

西　どうしてなんでしょう？

tofu　端的に言うとお金とかじゃないですか。ビジネスのほうに興味がいっちゃったというか。

西　たしかに、10年くらい前から新発売のCDといっても大御所のベスト盤とカバー集だらけになってきて、これはちょっと……っていう匂いがプンプンしますよね。

tofu　まず業界がコピーコントロールCDとか、iTunesはまだやりませんとか、守りに入るところがすごい増えたんですよね。そうなるとベスト盤とかしか出回らないようになっていくし、地方には新しい音楽が届かない。あとは少子化とかいろんな問題があるんです。若い世代はビジネスのスケールとして小さいから、そこにターゲットを合わせても仕方ない。それよりも団塊の世代の人たちが買うようなジャズCDとかをつくったほうが数は売れるわけですから。音楽会社の50代の人たちは、あと10年食っていければいいわけで。

西　逃げ切ろうとしているわけですね。

tofu　ほんとそうです。音楽会社の人に音楽に関する指摘をなかなかもらえないことが不思議。売上とかの話ではなくて、この曲のここはこうしたほうがいいよ、みたいなのが来なくて。まぁ全員が全員ってわけじゃないですけど、僕らのようにただ音楽を好きな人が減ってきている感じはすごくある。

西　聞いていると、放送局の現状とよく似ているような気がします。

オッサン阪神ファンの気持ちで

西　音楽業界のシステムを何とかしなければならない、というような話もたくさん聞きましたが、本当はそんなことを考えないで音楽だけやっていたいですか？

tofu　うーん、でも好きなんでしょうね、こういう業界への口出し。プロデューサーですから全体が気になるんです。

西　プロデューサーだから、ですか。なるほどね。楽器のテクニックよりも曲全体、さらには売り方、買われ方、音楽業界のシステム全体……。パーツのことよりも全体っていうのがtofubeatsさんの基本姿勢なんですかね。

tofu　スポーツの試合を観ているようなもので、音楽業界の観戦というか。だって僕、そこは操れないですから。でも、中にいることでゴタゴタ言ったりできる。ちょっと野球に詳しいオッサンって感じ？　銭湯で阪神打線に文句言ってるオッサン（笑）。

西　でも、阪神の打順に文句を言うオッサンと違って、音楽が自分の生活に関わってくるわけじゃないですか。

tofu　いやいや、阪神ファンのオッサンの生活にも関わってくるでしょう。結果によって、酒の量が増えるとか減るとか変わってくるし。試合によっては、仕事をほったらかしてでも全力で応援せなあかん、盛り上げないとスタジアムがショボくなっていくみたいなね（笑）。

西　「引きこもり」っておっしゃっていた割には積極的に発信されてますよね（笑）。

tofu　いまはこういう話をしてますけど、ひとたび離れたらもうだめです。僕、世間話とかまったくできないんで。曲が売れることを願って部屋の中で音づくりにただただ集中していたいです。

きのうも先輩に「すべての商売は、最後は納期とクオリティや。それだけしっかりやってたら必ずお客さんはつくから頑張り！」って言われてね。やっぱり音楽でちゃんとできるかっていうだけの話かなって思います。シンプルに頑張っていれば大丈夫じゃないかなって（笑）。

西の職場である音声室に興奮するtofubeatsさん。テレビっ子らしい、嬉々とした表情を見せる。思わぬゲストの登場に、スタジオにいた若い女性スタッフが歓声を上げる一幕も

働いていると、仕事とお金については時々考える。考えざるをえない。自己実現のために働くことも、家族を養うためとか糊口をしのぐために（つまりお金のために）働くということも、どちらも正しいし、尊い。でも時に違和感を覚えることがある。そしてこればっかりは割り切れる答えにはなかなかたどり着かない。

tofubeatsさんは、まず好きな音楽をやる、それで生活する、というしなやかな実践を示してくれた。でも、そうは言っても苦しいんです、という現状、さらには先行世代がお金ばかりを求めて、その結果音楽自体がおもしろくなくなってしまったことへの不満を隠そうともしなかった。

ドライなように見えて熱い。デジタルな音楽を生み出しながら、とても人間くさい。握手券などアイドルとコミュニケーションする引換券と化したCDの売り上げとは一線を画しつつ、そういうアイドルのことはけっこう好き、と言っているところも、意外だけど、いいなあと思う。

＊　＊　＊

もうひとつ。彼はギターやベースを弾いてみようとするんだけど、「打ち込みの音楽とかを聴くうち、これはパソコンでできるし、楽器ができなくてもよい」と言ったその直後に、「でも置いておいたら上手くなるかなと思って、たま〜に持ってみますけど」「弾けたらカッコいいやろうなあとは思いますよ」なんて言う。そんなところがまたいじらしく、カッコ悪くて大好きだ。で、ぐるっとひと回りしてそんなtofubeatsがカッコいい、と思ったりするのである。

「うまい」は3日で飽きます。
「美味しい」は毎日食べても
飽きない料理です。

日本料理人／木乃婦三代目主人

髙橋拓児さん

たかはし・たくじ

1968年京都生まれ。大学卒業後「東京吉兆」にて5年間の修業を重ねたのち実家に戻り、京都で80年続く料理屋［木乃婦（きのぶ）］の三代目主人となる。シニアソムリエの資格も取得し、ワインに合う料理を提供する「ワイン献立」を用意するなど、新たな調理法や素材に取り組み、京都の料理界に大きな影響を与える存在として注目を集めている。京都大学大学院農学研究科を修了し、「美味しさ」の研究に取り組む。NHK「きょうの料理」講師。龍谷大学農学部客員研究員。著書に『和食の道』（IBCパブリッシング）、『10品でわかる日本料理』（日本経済新聞出版社）。

日本料理を科学する、という。苦労してらっしゃるだろうな、と思った。京都のど真ん中、夏の風物詩・祇園祭を担う〝鉾町〟にある料亭の三代目と知れば、なおさらそう思う。

初代が店を興し、二代目がそれを継いで評価を高める。それを三代目がなにやらおかしなことを言い出して、周りが怪訝な表情でそれを不安げに見ている。あるいはあからさまに「やめときなはれ。先代の言うてはったことをしっかり守ったらええんや」という言葉が飛んでくる。そんな想像をしてしまう。そうでなくても我々は「伝統」というとそのあとにすぐ「守る」という言葉をくっつけたがる。

伝統とは経験の積み重ね、一朝一夕に理屈で説明できるものではない、という言葉のほうを、どうも我々は単純に信じてしまって、「日本料理を科学する」なんて言われると寿司に温度計を突き刺したり、ロボットが天ぷらを揚げたりしているところを脳裏に浮かべてしまう……。まさかそんなことをしているわけではないだろうけど、と思いながらお店を探して京都を歩いた。ところが見つからない。

「木乃婦、木乃婦……」と探し歩いていたのは、なんと店の前であった。街の中に店があるというよりは、店が街そのものの一部で、それほどに「木乃婦」は京都の街に溶け込んでいたので気づかなかったのだ。これほどしっくり、しっとりしたたたずまいのなかで、三代目は何を思うのか。

厨房には無縁の理系少年

西　髙橋さんってどんな子どもだったんですか？

髙橋　中学3年生の時、生物学に目覚めました。遺伝子がおもしろいなと。螺旋状になっているDNAで生命のすべてがコントロールされている。これを組み換えたら商売になるな、と思ったんです。新しい薬とかもつくれる。万能細胞もあったらすごい。ひょっとしたら、人間かてつくれるん違うか？　そこを知りたいと。それで高校に進んだ頃、ゲノム創薬とかシリコンバレーの遺伝子とかの会社、ベンチャー企業の話を聞くようになって。そうか、英語も要るなと英会話教室に通って、カリフォルニアの大学へ留学しようと考えていました。

西　ご両親から「店を継いでくれ」って要望はなかった？

髙橋　いえ、親からは何も。店の3階に住んでいたといっても、調理場の仕事は普通にスルーしていて、まったくノータッチ（笑）。僕は長男なんですけど、弟も同じでした。

料理人にする「ブーメラン子育て」

髙橋　それで、高校2年生の終わり頃からなんとなく自分の置かれている立場がわかってきてずっと悩んでいました。カリフォルニアの大学の推薦状まで書いてもらいましたけど、理系の道に進んでしまうと、料亭という家業を継ぐ選択は完全になくなりますから。

西　やはり、家業のことは気にはなっていたということでしょうか。

髙橋　その……なんて言うんですか……強い〝ムード〟ですかね。

西　強いムードね(笑)。

髙橋　うちには祖父母がいて従業員も大勢いますし、その全体的な空気の重しみたいなものを感じて科学者になる道はあきらめました。でも、それならば経営やマーケティングの勉強をせなあかん。で、立命館大学の法学部に入学して、卒業後は当時一番勢いがあった料亭の「東京吉兆」さんへ。修業期間5年のうち1年は、創業者である故湯木貞一大御主人についていました。ボロカス言われながら1年間(笑)。

親に対する反抗は、あまりなかったですね。というか大学生の時、「ちょっと人手足りひんから皿洗え」とかぐらいは言われましたけど。調理場を手伝ったことが本当にないんで考えてなかったというか……。

西　料理が身近なところにある環境で育てば、いずれはその世界に飛び込んでくると、ご両親は確信されてたのかもしれませんね。ところで、子どもの頃の食事はどなたが？

髙橋　母親です。唐揚げもハンバーグも大好きでしたよ。でも、ダシは下（厨房）から鍋に入れて持ってくるんです。水炊きするのでも下から。僕が子どもの頃は、一番ダシに甘鯛の頭の焼いたものと豆腐、おぼろ昆布を入れて、クックツと10分ほど炊いたものが、毎日のおかずの定番。うちの店は甘鯛の飯蒸しが名物で、身はお客さんに出すから頭が仰山あまる。それを消化するために豆腐とかを入れて、吸い物仕立て風にするんです。

西　へえ〜。四十路男なら「それ、美味しそう」と思うんですが、子どもにとってこのような献立は、どうだったんですか？　それが再々出てくるというのは。

髙橋　飽きは来ないですよ、毎日でも。まあ、あいだにスパゲッティとか上手に挟みこんでくれましたしね。

西　内気でひ弱な子だったそうですね。

髙橋　小学生の頃は、将来、何をしたいという主張もなかったですし、なりたい職業の1番は農家。2番が料理人。2番目のものは、「まぁ、うちが料理屋だし、お約束のフレーズとして書いておこうか」というレベル（笑）。

西　子どもの頃の夢って、環境に左右されますよね。僕は岡山育ちなんですけど、家のまわりが古墳だらけだったから、小学校4年生の時に「将来は考古学者になりたい」と作文に書きました。発掘の現場に行けば、土器のカケラなどをもらえたんですよ。それがめちゃうれしくて、この土器はどういうパーツやろ、壺のこの辺かな、なんて考えるのが楽しかった思い出があります。

ところで髙橋さんのなりたい職業の一番が、「農家」だったというのは?

髙橋　母方の実家が上賀茂の農家なんです。平安京以前から農業をやっていた家の分家。小さい頃は、長い休みのたびに預けられていたので、朝5時半に起床して、畑に行って雑草抜いたり水やったり。で、お昼寝してまた夕方に畑行って夜の9時には寝るという健康的な生活。それがおもしろかった。野菜も美味しいし。

祖父の家では、すぐき漬もつくっていました。冬場のやたらと寒いときにダウンを着て前掛けして、すぐきの皮をむく作業を暗くなる直前までやっていました。大きい樽におじいちゃんが一株ずつ並べて塩振って、次の日に小樽《こだる》に移して。畑の土の入れ替えとかも手伝っていました。春はいちご、夏は賀茂なすとかトマト、きゅうり、オクラ。玉ねぎをくくって吊るして。冬はねぎと大根と蕪《かぶ》とすぐき。

西　そんな小学生はなかなかいないですよ(笑)。やっぱり環境が子どもに与える影響って大きいですね。先ほど髙橋さんが子どもの頃は店の手伝いをしてなかったとおっしゃった時、おもちゃのスーパーカーとかに夢中だったのかと想像していたんですが、やっぱり〝食〟には深く関わっていたんですね。しかも、ふだんの食事で料亭の上等のダシを飲みながら。ちなみに、高橋さんご自身はどんな子育てを？

高橋　僕の子どもは上が高校1年生の女の子で、下が中1の男の子。息子とは小学生の頃まで、休みの日に一緒に食事を作っていました。今はもうしないですけど。ハンバーグとかパスタを料理するとか、水炊きの具材を切るとか、昆布と鰹節でダシを引いてお味噌汁にするとか。実はちゃんと意図しています。

　というのは、僕は店の上に住んでいたけど、子どもは店とは別のところに住んでいるので、こうやって味の記憶づけをしておけば、ブーメランのように料理の世界に返ってくるかなって。

西　代々の〝ブーメラン子育て〟（笑）。普段からいいダシを飲んで、魚とか他の食材とか美味しいものを覚えたら、お子さんも「こっち」に必ず戻ってくるという。

日本料理の実に不思議な点

西　髙橋さんは、2013年4月、京都大学大学院農学研究修士課程に入学。2年後の2015年3月に修了されています。そもそも、なぜ大学院に行こうと思われたんですか？

新町通沿いの玄関。春夏は白、秋冬は茶色の暖簾をかける。祇園祭の期間中だけは鉾町内で揃えた、そろいの幔幕に掛け替える

髙橋　美味しさの研究の第一人者である食品・栄養化学の伏木亨《ふしきとおる》先生と仲よくさせていただいたことがきっかけです。味覚について科学的な研究をはじめてみると、僕ら料理人が感覚的にしゃべっていることが、実は身体の機能としてシステム化されていたり系統だてて脳から指令されていたりする、そういう前提の上に成り立っていることがわかったので、より深く研究してみたいと強く思ったのです。

西　そのあたりのお話、ぜひ聞かせてください。

髙橋　人間は、食べることでカロリーを補給して身体機能を維持しようとする。そういう生理的欲求に従う傾向に反して、ほぼノーカロリーのダシを基本にしている日本料理は、世界的に見てもかなり特殊です。食べるという動物的な行為を、知性や教養の力で、しかも自然なかたちで、なるべく文化的なものに変える。僕ら和食の料理人は、できるかぎり知的な欲求の要素を増やすような食環境をつくろうとしているんです。

日本料理では、精製された食材はアンバランスで不自然なものと考えるので、胡麻《ごま》と胡麻油なら、胡麻そのものを使うべきという考え方が根底にあります。

西洋式の食事では、体内に取り込んだ肉に含まれるタンパク質が分解されて、アミノ酸になっていくんです。一方、日本では最初にダシ、すなわちアミノ酸そのものを摂取します。アミノ酸を先に体内に入れて代謝を活発化させ、そのあとエネルギー源が来るのを待つ。そうすることで、免疫力や食物に対するセンサー機能をまずアップさせる。いま自分が口に入れている物はよいものなのか、必要なものなのかをジャッジできる機能を活発化させて、それから栄養を摂るというシステムになっているんです。

西　ノーカロリーのモノを摂りつつも、実はすごくよくできたメカニズムだと。ダシについてそんなふうに考えたことはなかったです。今回はもう一点、お聞きしたいことがあって、それは「知識で味覚は変わるのか」ということなんです。

味覚というものは、ひとりの人間のなかで、後天的な癖づけによって形づくられるのか。子どものころに基礎づけられた味覚のベースは、変わらないものなのか。どうなんでしょう？

髙橋　先天的なものと後天的なものの両方あって、癖づけは大事です。たとえば、12〜13年前フランスに行った時に、レストラン関係者にお吸物のダシを飲んでもらったら「あまり美味しくない」って言われたんですよ。日本料理が流行しているいまは、同じものを出しても「美味しい」って言われる。まったく同じものなんですけどね。ことほど左様に人間は経験値や情報に左右されやすい。ゴルゴンゾーラチーズのように、回数を重ねることで美味しくなるものもある。僕も昔は食べられなかったけど、いまはパスタに入っていたら、おお、ゴルゴンゾーラ入ってるやん、みたいな(笑)。

[木乃婦] の塗りの座卓も顔が映るほどにピカピカに磨き上げられている。対談中、まったく崩れることのなかった髙橋さんの姿勢が印象的

千木（ちぎ）と堅魚木（かつおぎ）のある、小さいながらも本格的な祠が厨房の前に配され、髙橋さんは朝に夕に手を合わせて拝礼する

ある実験で、子どもに動物のフンと薔薇の匂いを嗅がせて、どちらが好きかと反応を見てみました。ある子どもは慣れ親しんだ（動物園などの）匂いであるフンのほうが好ましいと感じたそうです。一概には言えませんが、感覚の形成には慣れ親しむことが必要です。

僕自身も、味覚に関してけっこう後から獲得しているものが多い。たとえばゴルゴンゾーラがどうやってつくられ、どんな料理に使うと美味しいかを知ると好きになる。ワインもぶどうの品種とか土壌とか環境を勉強すると、おっ、これはなかなか、ってなります。

西　なるほど。知ることや慣れることで味わい方は変化すると。

ファジーさこそ和食の魅力

髙橋　このあいだ、料理のデモンストレーションで「柿の胡麻酢和え」をつくりました。甘酢にサッと漬けた大根とにんじん、みりんで洗った柿、きゅうりを胡麻ダレで和えたもの。これを1分でスペイン料理につくり変えると宣言しました。想像つきます？

西　いえ、さっぱり……。

髙橋　生ハムを出してきて並べ、真ん中に柿の胡麻酢和えを置く。オリーブオイルを回しかけて、砕いたピンクペッパーをバーッとかけたら、はい、スペイン料理です、と(笑)。

西 へえ、確かにスペイン料理といわれればそうですね。

髙橋 「日本料理」「スペイン料理」という言語で味覚が変わる好例です。甘酢に使った米酢をワインビネガーに変えれば、完全にスペイン料理になる。日本料理に油脂分を足すだけで、外国の食文化に同調させることは非常に容易だという話をしました。

逆説的に言えば、これが日本料理の最大の魅力です。僕たち日本人は海外の食文化を取り入れて、ラーメンとか天ぷらとかを和食のスタイルに変えてきました。さらに日本料理はそこから油脂分を極力排して、仕上げに黄色の柚子などをあしらうことで日本料理のかたちにとどめているだけなので、もともとの海外の料理に戻す、というのが簡単なんです。煮物のダシをココナッツのベースに変え、スパイスを調合して加えればすぐに本格的なカレーになる。

そう考えると、日本料理という構造自体は非常に動かしやすいし、ファジーだということがわかった。つまり〝ゆらぎ〟があるんです。でもだからといって、そのファジーな部分に生理的な欲求通り、脂や肉を持ち込むと日本料理は崩壊してしまう。だからこそ、情報や知性でコントロールして和食の伝統的なフレームを守ろうと。そしていまは日本の食文化を守るための瀬戸際なんですよ、という話をいつもしています。

「がっつり、うまい」にいかない

西　ファジーといっても、そこは越えたらあかん、という一線があると。

髙橋　「これがうまい」とか「あれがうまい」ってみなさんよく言いますけど、うまいもんはなんぼでもつくれる。脂肪とか糖とか、生理的な欲求に応じて料理に足せばいいんですから。

でも〝美味しい〟の一言を引き出すのは難しい。脂肪と糖をできる限り取り除いて、骨格を露わにしたモノ。これこそが、次代につなげなければならない大切な食文化だと考えているんですけど、付け足すのではなくそぎ落としていく日本料理で美味しいと言わせるのは非常に難しい。それを踏まえないで「うまい」と「美味しい」をごっちゃにする人が多いけど、それはやめてねっていう話です。

西　『和食の道』を読んでいると感じますが、料理人である髙橋さんは、食べ手であるお客さんへの知的な要求がなかなか高いですよね。「知ってるほうがより料理やお店の魅力を楽しめますよ」と。つまり、料理人である髙橋さんが追求しているのは、お客さんも知性を磨いて〝美味しい〟を一緒につくりあげていく世界ですよね。でも、いまの世の中、最短距離で「うまいもの」を欲しがる人も多いでしょ？　インターネットで「木乃婦」などの店舗情報を検索し、コストパフォーマンスや評価の点数で来店して、「さあ、うまいもん食わせて」と、大きく口を開けて待っているお客さん。これってどう思います？

髙橋　そういうのもあっていいと思います。

西　おお、意外な答え。そういうのはよくない、とおっしゃると思ってました。

髙橋　時代の流れですからね。でも、絶対飽きがくると思うんです。「うまい」というのは、飽きる食事。「美味しい」というのは、飽きない食事。焼肉は3日連続で食べられないけど、味噌汁は毎日でも飲めるでしょう？　だから僕らはそういう〝美味しくて飽きない〟食事を目指しています。

3日続いても食べられる料理のレパートリーを増やす。その意味では、スペシャリテのような、店や料理人を象徴するような看板メニューはあまり出すべきではないと思っているんです。「がっつり、うまい！」っていういかにもな料理は、なるべくつくらないようにしています。

西　どーんと「本日のメインでございます」というスタイルではなく、店で過ごすトータルな時間を「ああ、よかった」とお客さんにしみじみと実感してもらえることを大事にしているということですね。

そうは言いつつも、髙橋さんのお店には「フカヒレの鍋」という看板料理もありますよね。ちょっと意地悪な質問で恐縮ですが、そういうメニューを出すことに葛藤はやっぱりあるんですか？

髙橋　あります、あります。ただ時代のニーズもあるし、料理のコースとしてのリズムもある。商売的なことも考えなければならない(笑)。「がっつり、うまい！」が一番と信じている人を振り向かせるひとつの要素として、シグニチャーディッシュもあえて使う。

西　自分の譲れない「こうあるべき」スタイルといまのお客さんに「確実にウケる」スタイルのせめぎあいが常にあるんですね。

「マリアージュ」の落とし穴

西　個人的な考えなんですけど、さきほどおっしゃっていた「知識」で味覚が左右されるという点の悪い影響もあると思います。

たとえば「これは大間の鮪です」と言われたら、僕はそれが本物でなくても「おお、大間の鮪か」と簡単に騙されてしまう。ワインでも「干し草の香りがします」と言われたら、そんな気になっちゃう。だから、本当に美味しいと感じているのか、それとも脳味噌が知識とか見栄で麻痺してしまっているのか、見分けがつかない。

要は料理における〝知ったかぶり〟〝あたまでっかち〟、それが嫌なんです。そういうことを発言している人を見ると「ホンマにわかってんのかいな⁉」とつい猜疑心を抱いてしまうんですよね。

髙橋　本当にわかっている人なんてめったにいませんよ(笑)。ワインなんかは、この産地でこの色でこの粘性ならこういう香りがするっていうデータの世界ですから。まったくの目隠しの状態で、このワインはこれこれこういう銘柄です、って言えるソムリエは少ない。さらに言うなら、このワインにはどんな日本料理が合うのか、ということを的確に指摘できるソムリエはもっと少ない。ですから、それはやっぱり遊びでいいと僕は思いますね。

西　それはフランス人もそうなんですか。

髙橋　フランス人には、ワインの知識について歴史文化的な基準値がすでにありますから、ちょっと違うかも。でもフランス料理は、実は未完成の料理なんです。

「マリアージュ」という言葉がありますけど、これは平たく言えば、料理とワインを合わせたらめっちゃ美味しくなった、ということ。要するに、料理が未完成だから、ワインの力で100点にする。未完成の味と味を合わせることによって100点を取りにいくのがマリアージュ。このワインとこの料理の組み合わせは100点、いや90点だった、これは

80点かな、という話なんです。

日本料理は違います。そもそも料理で100点を取りにいっているから、お酒を飲まない人でも美味しいと思える。日本料理におけるお酒は、リセットする役目も果たします。食べ飽きないことに重点を置いているので、お酒で1回料理の流れを区切る、もしくは料理の余韻を伸ばす。この2パターンが基本です。ゆえにマリアージュ効果は、日本酒の場合はめったにない。微妙なところで料理に合う、合わないはあるにせよ、基本は塩やうま味に合うように醸されているからです。日本酒と日本料理の基本は、どちらもアミノ酸。美味しさを増幅させる効果しか伴わないので、そこにマリアージュが生じる可能性はほぼありません。

一方、ワインの基本は酸とタンニンなので、油脂分と塩分を多く含むフランス料理とは、パズルのピースの如くに合うんです。

西　料理とお酒はなんでもセットだと思ってましたけど、関係性ってそれぞれに違うんですね。びっくりです。

髙橋　重たい料理に酸を合わせると味がまろやかに、しかも酸を引き立たせて軽やかに感じられる。食した人はそれを幸せに感じて、「マリアージュ！」と叫ぶわけです。そう考えると日本料理に、必ずしも酒は必要ないということになります。だからワインは、遊び

明石の活けの鯛と境港揚がりのマグロ、淡路の車海老の造り。
脂の乗ったマグロは大根おろしで、車海老はゆるく固めた卵黄の旨味といただく。「魚が生で食べられるのは日本ぐらい。そのありがたさを思うのが造りの役目でもある」と髙橋さん

として楽しめばいいと僕は思います。

西　遊びでいいといわれるとちょっと気は楽になりますね。それでも、アンデスの塩からモンゴルの岩塩、沖縄の藻塩が並んでる焼肉店で「やっぱりアンデスの岩塩はまろやかですね」とか言うのは相変わらずちょっと恥ずかしいです。正直言って、僕はどの塩で食べてもおいしく感じるんで(笑)。

その場で空気を独占する力

西　ところで「日本料理はこういうものである」という固定観念を持っている人からすると、「和食はファジーなものです」などという斬新な発言は、反感を買ったりしませんか？

高橋　そんなことは、しょっちゅうですよ(笑)。大してわかってへんのに、みたいなことを言われます。

でも僕はいま、内面がすごく大事だと思っています。長年続けているお能の先生がいつも言わはるのが、「上手、下手ではなくて、その瞬間にそこの空気を独占できることが大事や」と。西さんがスタジオに入って一言話すと、パッと注目が集まるとか、そういう全体的な空気感を醸し出すことが肝心。舞台で、スタコラ動きまわる演目は自分の空気にしやすいけど、苔の生えた岩みたいになるのは難しいですよね。その上で、その岩をずっと眺めていたいと思わせる何かが大事やと。料理もまったく一緒で、ああだこうだと説明するよりも、さりげなくふっと出したものに対して、そこに僕がいなくても、お客さんが「おおっ」ってなるところが最高の状況なんです。

西さんの言われる塩のように、いま、料理のプレゼンテーションが流行っているというのは、正しい解釈ができない受け手の問題でもあるんです。また、作り手側の器が小さいという問題もある。その小さい器をカバーしようと、余計な言葉を発するわけです。たとえば、頑なな職人気質のオッサンが黙って料理を出したとしましょう。「わかれや」、ドンと。で、そのオッサンのつくった料理に美味しさと感動を覚えなかったら、そのオッサンの内面が磨かれてないということかもしれません。結局、これからは料理の作り手と受け手との相互理解と、双方の内面を磨くという作業が必要になってくると思うんです。

料亭は心のモードを変える

西　目の前で料理がババッとつくられるとか、ボーッと火が出たりするとわかりやすい。そういう派手なパフォーマンスを求めるお客さんは、いつの時代にもいます。ネットの情報を見てパッとやって来て満足し、また新しい情報を探してせわしなく別の店に流れるというお客さん。変な話、二度と来ないかもしれないそういうお客さんのほうが、店に対する要求度が高いような気もします。

髙橋　僕のところでは、ボーッと火がという料理はつくらないようにしてますわ(笑)。そうせずにこっちのサイドの空気に誘導しますよね。お客さんの要求に迎合する部分もありますが、それは呼び水として。徐々に「木乃婦」っぽいところにお客さんの気持ちをもっていくようにします。

西　「木乃婦」は、入口から玄関まで石の上を歩いていく時間が、「あ、ここは火がボーッとかはないだろうな」と感じさせてくれる。その時、お客さんである自分の心のモードも切り替わっていくんですね。

髙橋　入口から玄関までの道は若干勾配になっているんです。ほんのちょっと上りになっている。多くの料亭は勾配や段をつけるなどの仕掛けをしています。少し違う空間世界がはじまる、という合図ですね。料亭という別世界は大人が豊かな時間を過ごすための装置なんです。

東京では、雑居ビルのエレベーターを降りたらいきなり玄関という店もありますけど、そういうのではなかなか気持ちが切り替わらない。空気感もない。だから僕は東京でフレンチとかを食べる時は、できれば食前酒を飲むバーがある店を選びます。照明が落としてあって、20分くらいシャンパンとかを飲んでいると気持ちがゆるんでくるし、そこからメインダイニングに行くと非常に気分がいい。逆に店に入っていきなり席に案内されると、「うーん、バーカウンターがあったらなあ」と思います。大都会はこうした繊細な空間上の仕掛けをつくりづらい。だから銀座とか六本木とか、エリアで空気を変えてもらうわけです。そのエリアで食べるものは高級、こっちはビストロ、街自体がイメージをつくっているので、たとえ雑居ビルの中でも大丈夫です、という一応のお約束がある。

西　［木乃婦］が京都のまんなかにあるということに「支えてもらってる」という思いって、高橋さんの中にはあります？

高橋　あります、あります。祇園祭の鉾が立つ前で店をしているので、祭りの期間中は大わらわですが、料理に大切な風情や情緒が自分たちの心に浸透していっている気がします。だから、今は京都という街全体を大切にすることに尽力しています。街の付加価値を上げる。祇園祭もそうやし、京都料理芽生会《めばえかい》（若手料理人の会）もそう、日本料理アカデミーもそう。底を上げるっていうか。街の文化力を高める取り組みを同時にやらねば、と思っています。そういう意味でも京都は歴史的な土壌があるから、やりやすい。他の地域でゼロからやるなんて、コストを考えたらまったく合いません。

西　ビル一棟どころか町内を買わなあきませんね（笑）。

ダシの底知れぬ深い香り

西　最近、ダシの香り成分がすごいことに気づかれたそうですね。

高橋　18リットルの昆布ダシをほんの少量に煮詰めて、ガストロマトグラフィー（気体試料の分析に用いる手法）にかけると、香りの分子が出現した時にセンサーの数値が上がるんです。その瞬間をノズルで嗅いで、どんな香りが出現するか書きとめてみました。

はじめはエタノールや磯の香り。ワカメとか海藻系。発酵臭や若干の焦げ臭の後、抹茶の香りが出てきて、ほうじ茶、カラメル、バニラ、洋梨、柿、栗、ホワイトマッシュルーム。それから杉とか檜とかのウッディーな香り、下草の香り。濡れた雑巾の匂い、洋菓子のタルト・タタン。こうやって2秒くらいで消えるさまざまな香りを記入していく作業を続けます。麝香《じゃこう》、伽羅《きゃら》、(乳製品の香りに代表される)ラクトン系の香り。あとは焦げ臭だとか、動物臭、硫黄臭、金属臭も存在しました。

西　全部で何種類ぐらいの香りを感じられたのでしょう?

髙橋　60種類の香りが確認できました。そのほか昆布ダシにはエステルやアルコールといった化学物質、弱いセメダインの匂いもありました。

昆布のダシは香りがあまりないと言われていますけど、それに含まれる麝香や伽羅は完全に精神安定剤みたいな香り。だからゆったり感を生じさせる。逆に、もの足りないと感じる市販のダシには、その辺が欠如しているのかもしれないと分析しています。実は動物臭も安心感や居場所を連想させる、ヒトが好む香りです。ダシがきいていると包み込まれる感じを抱かせてくれて、ラクトン系の香りでもあることから、ヒトはダシに〝母性〟を感じるのかな。まだ、はっきりとはわかりませんが。

西　それだけ複雑だと、ダシの味を人工的につくろうと思ってもなかなかできるものではありませんね。

髙橋　確かに簡単にできるものじゃないんですが、いま、研究機関でダシの成分分析の研究をしながら〝ダシの一番〟をつくりたいと思っています。それにどういう意味があるの、

上／魚の洗いをつくる時は、魚種と目的に合わせて水の硬度を変える。「そんなことは料理屋として当たり前」と涼しい顔で言い放つ

下／京都の家庭や料理店に必ずと言っていいほど貼られている、火伏の神が鎮座する愛宕神社の札をみんなが見える位置に

ダシに用いる鰹節の選定はもちろん、削りたてを
使うべく、業務用の削り機を厨房に据えている

とよく言われるんですけど、90点以上が料理屋レベルのダシ、70点〜80点が居酒屋レベル、60点〜50点が家庭だから、少なくとも50点は守ろうという指標。これから家庭でも、50点以上のダシをつくるのは〝国民的義務〟です、と(笑)。そのために、50点〜60点のダシをつくって、街なかの至るところ、たとえば大学の中とかにも〝ダシサテライト〟をつくって飲んでもらい、意見のサンプルを大量に取るとかね。そういうステージにダシ文化を移行させていきたいと思っています。

西　そういう数値化って嫌う人がいっぱいいそう(笑)。

髙橋　いますけど、それは別にいいやん、と思います。あくまで指標です。だって同じ特Aのお米を食べても、いろいろな種類の味があるでしょう？　ダシの素晴らしさが認知されれば、日本料理の活性化にもつながりますしね。

外国人が母国で日本料理店を

髙橋　いま期待しているのはデンマーク出身のイギリス人、キャスパーくん。2年間、[木乃婦]で日本料理を勉強します。もともとイギリスの日本料理店で寿司をつくったりしていて、真剣に学びたいと来日するんです。
それから、フランス人がフランスで、アメリカ人がアメリカで日本料理店を開いている状況を世界で実現させることが、僕の老後の最終目標なんです。日本から日本人の料理人が海外に渡るのもいいことだとは思いますけど、10年後、20年後を考えれば、育てることが大事。現地の人の口で、日本料理を広める。彼らに日本料理の大使《アンバサダー》になってもらう仕組みをつくろうと思っています。
日本で勉強して、海外に日本文化を広めることに協力した人に、フランスのシュヴァリエ勲章（フランス文化省が芸術文化に功績のあった人に授ける勲章のひとつ）のような栄誉を与える。国民栄誉賞とか、そういう非常にプレミアムな賞を総理大臣から渡していただくというような。海外の人たちにどんどん賞を取ってもらって、そのために勉強してもらうことにして、それに乗っかって僕も商売しようかなって。

西　老後の話とかおっしゃりながら(笑)。

髙橋　ま、それはさておき。だって、いまの日本のフランス料理やイタリア料理の分野では、同じ現象が完璧に出来上がっているじゃないですか。日本人が積極的に現地に勉強しに行って、フランス料理の基礎を学び、日本に戻ってビストロやレストランを経営している。僕たちも普通にピザとかパスタとかを食べていますもんね。その反対をやったろう、と思っています。「ごはんを炊いて、味噌汁つくる日もいいよね」ってフランス人が言う。「今日のランチはおにぎり」とイタリア人が言う。世界中で炊飯器は一家に一台、みたいな未来を想像しているんです。

料理と科学、車の両輪で

西 それにしても、料理についてこれだけ科学的な用語で論理的に語れる人って少ないですよね。

高橋 料理の世界にそもそも足りない部分だし、個人的にいろいろ腹が立つこともあるから(笑)。海外のシェフは科学者とひっついて料理をつくるんです。料理人は科学的な根拠がわからへんから、その部分の補足は科学者がする。でも、逆に科学者は科学者で味をわかってないんです。共存はよいのですが、「美味しい」とは違う領域に踏み込むのはどうかと。

このあいだも、非常に有名なフード・サイエンティストと一緒にセミナーをやったんですけど、彼のレシピでシェフに料理をつくらせて僕に試食させて判断を仰いでくるんですよ。それが美味しかったらいいんですけど、どれもあまり美味しくないものばっかりで。僕にしてみたら、いや、そういう次元の話じゃなくて、って。

料理は単なる化学的合成ではないので、食材を合わせて加熱しただけとかでは、本来の素材のよさとか、バランスのよさみたいなものは出てこない。僕ら日本料理人はホメオスタシス（恒常性の維持）として、さまざまな食材を使い、かつ全体のバランスを考えて毎日でも食べたい「美味しい」献立を整えます。

人間の英知だけでやみくもに食材を重ね合わせても、結局は必要な部分しか吸収されないからあまり意味はない。その辺のことわかってるんかなと思いながら、その時はまあイベントなんで、表面的には対応しつつも、心の中では意味わからんことやっとんなあ、とため息ついてました。そういうこと、本当に少なくないので、これからは自分自身の言葉で食材使いや組み合わせの意味、根拠、効果を語りたいと考えて、科学をしたいなと思ったんです。

西　なるほど、料理人が自分で科学を身につけることが、「本当の美味しさ」へたどりつく何よりの近道だということなんですかね。髙橋さんは、やっぱり地頭が「理系」なのかもしれませんね。

「うまいもんはなんぼでもつくれる。でも〝美味しい〟の一言を引き出すのは難しい」という髙橋さんの言葉をいまも反芻している。

＊　＊　＊

料理に完成形なんてない、日本料理もいまが究極でこれ以上変化はないなんてありえない、とも髙橋さんはおっしゃっていたのだけど、確かにそのとおりである。修業もするし、工夫もする、経験や伝統をおろそかにするという意味ではなく、再解釈、再理解のために科学もツールとして使う。なるほどそういうことか、と楽しくお話を聞いた。

うんちくで料理を味わうような、頭でっかちで通ぶった人が私は苦手なので、けっこうそこでは食い下がってみたのだけれど、髙橋さんはむしろ、食べ方や常識を知ったうえで食べたほうが美味しいこともあるし、客のほうが料理店のポテンシャルを十二分に引き出すこともある、とおっしゃる。それどころか、逆にお客さんへの知識の要求は意外に高い。ただ、それと同時に「本当にわかっている人なんてめったにいませんよ。それはやっぱり遊びでいいと僕は思いますね」と実におおらかであったりもする。根本的にやさしい人なのだ。

料亭の3代目なんていうと、いかにも「必然」として料理人の道に進んだのかとも思うが、髙橋さんは「何て言うか……強いムードですかね」といたずらっぽく笑っていた。自分の生き方を決めるのは、案外そういうことなのかもしれない。

私が目指すゴールは
「女性社長のために」という言葉が
必要でなくなる社会です。

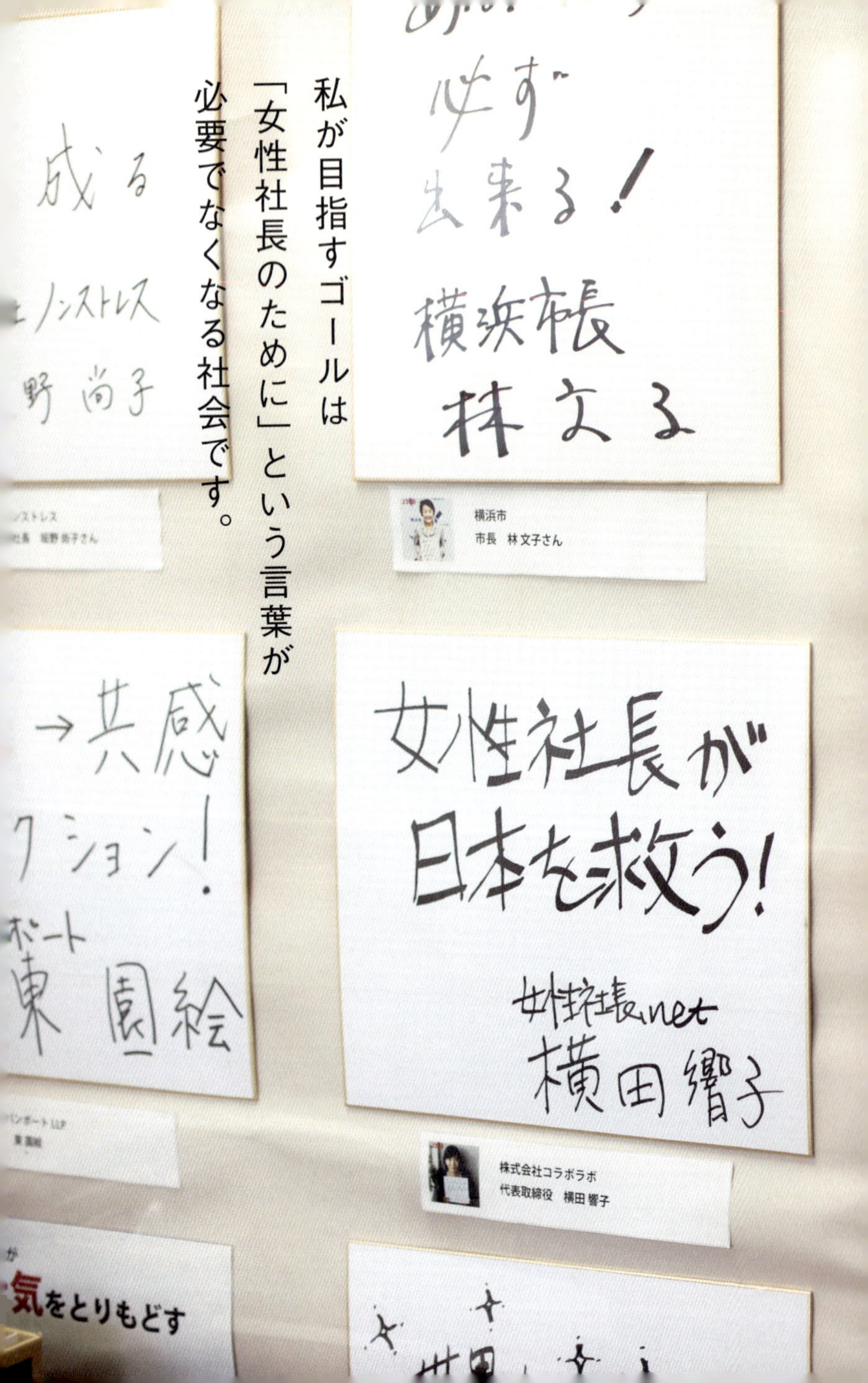

女性社長.net
株式会社コラボラボ代表取締役
横田響子さん

よこた・きょうこ

1976年生。お茶の水女子大学卒業後、株式会社リクルートに入社。6年間人材部門を中心に諸業務を経験後、退社。女性経営者の支援とプロジェクトベースの仕事を増やすことを目的に、2006年5月［株式会社コラボラボ］設立。女性社長を紹介する「女性社長.net（会員約1,800名（2016年2月現在））」、女性社長300名が集結するイベント「J300」を企画運営。大手企業を中心とした新規事業の立ち上げ、販促支援などプロジェクトを多数手掛けている。2011年9月APEC WES（Women and the Economy Summit）にてイノベーターとして表彰。内閣府「国・行政のあり方を考える懇談会」委員、男女共同参画推進連携会議議員など歴任。著書に『女性社長が日本を救う！』（マガジンハウス）。

ひとことで言うと、「この人のことをもっと知りたい」と思った。

女性社長を応援し、イキのいい女性社長と企業や自治体を結びつけて、新しい価値を生み出すのが仕事だという。なぜ、〝女性〟社長でなければならないのだろう？ なぜ、女性社長を結びつけることで新しいビジョンが見えてくるのか。いつ、誰を、どう結びつけるのか？ 見極めるコツとか基準はあるのだろうか。「うめきた未来会議ＭＩＱＳ」で聞いた、たった15分のプレゼンテーションでは、きっとご本人も語りつくせていないだろう。あらためて、ゆっくりと話を伺うことにした。

横田さんは、ご自身も女性起業家のおひとりだ。父も勤め人、自分自身もサラリーマンという私にとっては、「起業家」という響きはなんともシュッとしている。最近ではノマドワーカーなどといって、固定したオフィスを持たず、カフェなどでさっとパソコンを開いて仕事をするスタイルの人もいる。会社に行って、まずお茶を入れて、なんなら革靴からサンダルに履き替えて……みたいな我々の世代とは違う匂いがする。きっと、横田さんもシュッとした働き方をしているにちがいない。

ところが、東京・神田にある横田さんのオフィスのドアを開けると親近感の湧く風景が待っていた。決して散らかってはいないのだが、私の会社のデスクと同じように資料が積まれていて、付箋の貼られた本が置いてある。「どうぞ」と言って出してくれたのは、ごく普通の麦茶のペットボトルと紙コップだった。もしかしたら、探せばサンダルも出てきたかもしれない。

肩の力を抜いて、横田さんと向かい合わせの席に座った。さて、どんなお話が出てくるか……。

人前に立つ人ほど人見知り

西　ぶっちゃけて言うと、実はＭＩＱＳのスピーカーのなかで、一番つかみきれなかった人が横田さんでした。「なんかあるはずや、なんかあるはずや」と思わされたまま終わったというか。

横田　うわ〜。それはそれで、謎めいていていいことですね（笑）。

西　人前に立って、５分もあれば自分のペースにもっていける人もいます。でも、僕は人見知りだし、まずは場の空気のようなものを探ろうとします。あげくのはてに、空気を読んでいるうちに時間が終わってしまうこともあります。こうして、「人前で話すのが苦手だ」と言うと、たいがいは、アナウンサーにそんなこと言われても、という顔をされますけど。

実は僕、人前に立つ人ほど人見知りであることが多いんじゃないかと思うんです。横田さんのプレゼンテーションから、そんな匂いを感じていました。「たぶんこの人も人見知りで、場の空気を読むタイプの人じゃないか」って。

横田 いや〜、たぶんドンピシャですね。私も、ものすごく場の空気を読もうとします。ただし、「今日ははじける」と決めていくときもあるんですよ。

西 「はじける！」と決めたときは、「もう周りは関係ない！」と決めていっちゃうんですか？

横田 はい。5回に1回成功するかどうかなんですけどね。そういう意味では、MIQSではめっちゃ用意していったのに、まったくはじけられずに終わったんです(笑)。

西さんが「何かあるはずや」と思ってくれたように、私も「この後に何かあるはずや。このオモロいもので実験を重ねたら何が起きるだろう？」と思いながらやっているんですよね。

西 そのあたり、今日はひとつぜひ伺いたいところですね。

出発点は「ワクワクに立ち会う」

西　僕のイメージでは、「起業する」というと「きっと何かやりたいことがあるのだろう」と思うのですが、横田さんの起業の出発点は何だったんですか？

横田　身勝手な言い方をすると「オモロいものが生み出される現場に立っていたいし、自分がその仕掛人でありたい」ということですね。だから、基本的に私の役割は裏方でいいと思っているんです。

コラボラボが仕掛ける実験が成功して、何かすごく売れるものができたり、日本の価値観が変わったりする、その裏側にちょっと自分が噛んでいたい。そんなワクワクに立ち会いたいし、自分がいなければ生まれなかったものをつくり出したい。でもまあ正直、キツい部分もあるんですけどね〜。

西　「キツい」と思うのはどういう部分ですか？

横田　裏方だけに、プレイヤーとなる女性社長が世に出ていくまでの部分で動くわけですよね。本当に、世の中のためだと思って一生懸命がんばっているんだけど、フォーカスされたりお金が流れたりするのはプレイヤーのほう。関わりの深さはケースバイケースですけども、ちょい噛みレベルだとこちらの存在を忘れられることもあるんです。

「私がおらんかったらどうなってたと思うねん」と(笑)。見返りを求めてはいけないと言うけれど、たまには見返りもほしいやん！みたいな気持ちになりますよ。すみません、これはめっちゃ本音です。

西　裏方として「これは私が仕掛けたんだ」とひとりほくそ笑むことが出発点なんだけど、「でも、たまには認められたい」と。これは、ぐるぐる回っていますね。「私が仕掛けたんだ」ということについて、もうちょっとみんなが気にしてくれたらうれしいということですか？

横田　まあ、少なくともわかってくれている人が、ポロンとひとこと言ってくれるだけでいいんですけどね。私がこの、もうからなさそうなことでチャンスをもらいながら10年やってこれたのは、見てくださっている人たちがいるからです。「きっと、10年後の誰かを喜ばせるものを生み出しているはずだ」ということだけを信じて、モチベーションを保っていますね。

西　でも、世の中は何かを生み出すまでのプロセスを支えた人ではなく、やっぱり「生み出す」という行為をした人にスポットライトを当てますよね。さっきおっしゃっていた「たまには見返りもほしい」という気持ちの行方はどうなるのでしょう？

横田　「会社として、スタートの時点から絡み方に合わせた契約をすればいい」という話も

上／「え～!?　そうなんですか～」「ほんとに～?」。横田さんは聴き上手。絶妙の相づちと笑顔で相手を気持ちよく話させてしまう

下／企業と女性起業家のマッチングイベントの案内フライヤーのコピーもデザインも女性社長会員さんが制作

あると思うんです。ただ、決まったかたちでプロジェクトが進むわけではないので、相手に応じていちいち毎回の契約内容を考えるのはかなり煩雑です。しかも、最初の段階では、私たちが絡むことで「どんな効果があるか」をすべて明確にできないこともあります。効果が見えないことに対価を払える人はなかなかいません。

「まったく報われなかった」ということもあれば、「ありがとうと言ってもらえた」「がんばってくれているから」と思えたり。もちろん、ちゃんとビジネスとして絡んでいるプロジェクトもあります。この10年間で、いろんなパターンが出てきたなと思います。

独立を促すリクルートの社風

西　「ワクワクに立ち会いたい」「自分がいなければ生まれなかったものをつくり出したい」とおっしゃいましたが、それは起業しなければできない仕事だと思われますか?

横田　いや、会社員でもできると思います。ただ、企業に属している限りは、その企業のルールに従わなければいけないという制約はあると思います。私がいたリクルートの場合は、新しいプロジェクトに資金を投じてもらうには、「最終的に○億円の利益が生まれる」

というゴールを描けないとゴーサインは出ません。起業すれば「おもしろいと思えばまずやってみる」ことができます。自分の目利きだけで自由に好きなことができるんです。もちろん、10のうち8の予想が外れたとしても、自分で責任を取らなければいけませんけどね。

西　誰の許可を得なくても「自分がおもしろいと思ったことをすぐにやれる」ということですね。僕自身は会社に多少の不満はあれど、辞めようと思ったことは本当に一度もないですけど……。

横田　私も、独立しようなんて思ったことはありませんでしたよ。独立して起業したのは、たまたまリクルートに入ってしまったからだと思います。リクルートって、どんどん人が辞めていく、人の循環がすごくいい会社だったので。

西　聞くところによると、リクルートは早期退職をして、独立起業することを促すような人事制度設計があるそうですね。

横田　現状、制度変更や分社化により変化しています。当時の制度では退職金のピークは38歳。30歳でも1000万円もらえるんですよ。

西　38歳が退職金のピーク！　不思議な会社ですね。

横田　もともと、やんちゃで自分勝手な、「社会をよくしたい」という自己主張の強い人が集まっているうえに、独立しやすい環境があるので、多くの人が40歳になるまでに辞めていくんですよね。

入社3か月目についてくれた私の教育担当だった先輩は、6か月後に退職しました。最初の2人目までは泣きましたよ。「え〜、先輩辞めちゃうの〜!?」みたいな感じで。でも、3人目からは「またかぁ……」と(笑)。

西　いちいち泣いていられなくなっちゃったんですね(笑)。

横田　リクルートには自分の体が動くうちに、仕事を覚えて人脈を広げておき、資金が一番ピークのときに独立しようという雰囲気がありました。私も、入社半年のあいだに先輩たちが次々に辞めていくのを見て考えたんです。「30歳になった時、転職しても、独立しても、会社に残ってもやっていけるようにしよう」って。

3年目を迎えた時に、「転職の可能性はないな」と思いました。この自由なリクルートでさえも「自分勝手だ」と言われ窮屈に感じていたくらいですから、私は会社組織には向いていないと気づいたんです。じゃあ「リクルートに残るか?」というと、この会社で20年間生き残れるほど私は優秀じゃないと思いました。それなら、「きっと、自分を発揮しやすいのは独立なんだろう」と。自分で自分の時間を自由にコントロールすることもできますから。

西　いやぁ、そんなに自然な流れで「自分の会社を立ち上げる」ということができるものなのか。まだちょっと、飲み込めない気持ちでいます。

横田　私のタイプというよりは、リクルートが私をそうさせたのは間違いないです。

誰もやらないから仕方ない

横田　リクルートを退職した時は「いつか会社員に戻ってもいいから、仕事と家庭を両立させながら、自分の好きなことをやってみよう」という気持ちでいました。私には、ワクワクを生み出すような異色なものを組み合わせる目利きと、プロジェクトを動かす能力はある。じゃあ、何を組み合わせようか？と周囲を見渡したときに、「なんか、女性社長はおもしろそうだ」と。とにかくバンバン会ってみようと思い、一年間で２００人の女性社長に会いに行きました。そしたらね、女性社長って、本当におもしろい人が多いんですけど、つぶれていく人もめっちゃ多いんですよ。

西　つぶれていくってどういうことですか？

横田　女性社長は、相対的にチャンスが少ない人が多いんですね。キャリアもスキルもなく、お金も経験も足りない。だけど、とにかく周囲を幸せにしたい、人の役に立ちたい、ひらめいた！とおもしろいことをやろうとしている。

初期の段階で、スタートアップ時の女性社長にはいかにサービスを提供しお金に変えるか。まずは、彼女たちを育てる環境づくりをしなければいけない。この時点で、もう商売とかじゃなくなっていて(笑)。「誰もやらへんからしゃあないな」と。

西　「私がやらなければしょうがない」と思ってしまったんですね。人生って〝行きがかりじょう〟ですね。この本で対談させていただいた人は、行きがかりじょうの人が多くて、実は僕ホッとしているんです。

「注目の人物が語る半生」みたいな本には、「強い信念があり、自ら切り開いてきました」とか「私には実現させたい夢があったのです！」とか、立派なストーリーが書いてありますよね。僕、そういうものを読むとついつい卑屈になってしまうんです。僕自身が、何となく行きがかりじょうでアナウンサーになったものですから。放送局に入りたくていろんな採用試験受けたら、アナウンサーで採用されたっていうね(笑)。「頼まれたら断れない」と引き受けてしまう気持ちもよくわかります。

横田　求められちゃったし、誰もやらへんしっていう。内閣府の「男女共同参画推進連携会議」をはじめ、いくつも政府に頼まれる委員会にも出ていますけど、別に功名心で参加しているわけではないんです。もし、私が女性の起業についてちゃんと話さなかったら、誰も女性の起業に関する施策を上げてくれないかもしれない。そう思うと、「やっぱり、行かなあかんな」となるんですね。

西　やりがいって、自分で奮い起こすものではなくて、誰かの求めに応じて立ち上がることもありますよね。

なぜ〝女性〟でなければ？

西　そもその部分に関わる質問になりますが、〝女性社長〟のどこに一番魅力を感じられますか？

横田　優等生的じゃないところ。女性社長は、いまのお行儀のいい日本では、変えられないエッセンスをもっていると思うんですね。「この人たちがもっと光って活躍したらいいのに！」と思わせられる人が1割はいるんです。

「不景気だ」と男性が暗い顔をしているときも、女性社長たちはあっけらかんとしていてとにかく明るい。女の人のほうがどこか現実的で「生きていかなあかんやろ」と身体を動かすようなところがあると思います。

西　〝女性〟というテーマ立てに対しては、シンプルに「女性を応援する、女性の取り組みっていいよね」と受け取る方もいれば、「なぜ男女を分けるのだろう？」と違和感を覚える人もいると思います。

起業した社長であれば、男女かかわらずにおもしろい人はいるし、女性のなかにも強い人もいれば弱い人もいます。たとえば、「女性弁護士」「女医」という言い方を敬遠する人もけっこういらっしゃいますよね。

だけど、横田さんはあえて「女性社長」と、〝女性〟を立てていらっしゃる。今日は僕、ここについてはしっかり聞きたいなと思ってきました。なぜ、女性の持つ可能性、あるいは課題の解決にフォーカスを当てたのでしょう？

横田　「社長の会」というものを開くと、どういうことが起きると思いますか？　日本では、女性経営者は男性10人に対して1人しかいません。100人中95人は、夜の会合となると時間の融通が利きやすい男性の社長が来ます。つまり、いまやっている「社長の会」は「男性社長の会」なんですね。

私も「男女なんて関係ない」という視点は理解できます。でも、冷静にデータを見ていくと、男女間で同じ経験を積む機会はやはり均等ではないのです。私が目指すゴールは

「女性社長のために」という言葉が必要なくなることです。だけど、現状を見るともっとスピーディに差を埋める必要があると思います。世の中に男性社長が大半の会があり、私が女性社長が集まる機会と場を持っているなら、一緒にやれば半々になるんですよ。女性を集めてみたり、活かされていない部分を後押ししたりして、早く半々の状況になればいいと思っています。

西 「半々になる」ために、何が一番課題だと感じていますか?

横田 起業すること自体はそんなに難しくないので、まずは「やってみよう」と思えるような雰囲気づくりが大切です。私も、リクルートに入社していなかったら八割方は起業していなかったと思いますから。「お隣の○○さんもはじめたわよ」みたいな軽やかさがあれば、起業する人は増えるでしょうね。

でも難しいのは、継続することなんです。本当につらいのは最初の3年。決算書を見た時にはじめてみんな真っ青になるんです。これは、経験した人じゃないとなかなかわからないと思うんですけど、「会社をやるって、こんなにお金が必要なの?」って。

西 「ここに座っているだけでお金が出ていく」という感じですか?

横田 そう。もう、あのヒヤヒヤ感は、ぜひ優秀な会社員のみなさんに一度、1年間でいいから経験してほしいと思いますね。そうしたら、起業家にもう少し敬意を払って、「一緒

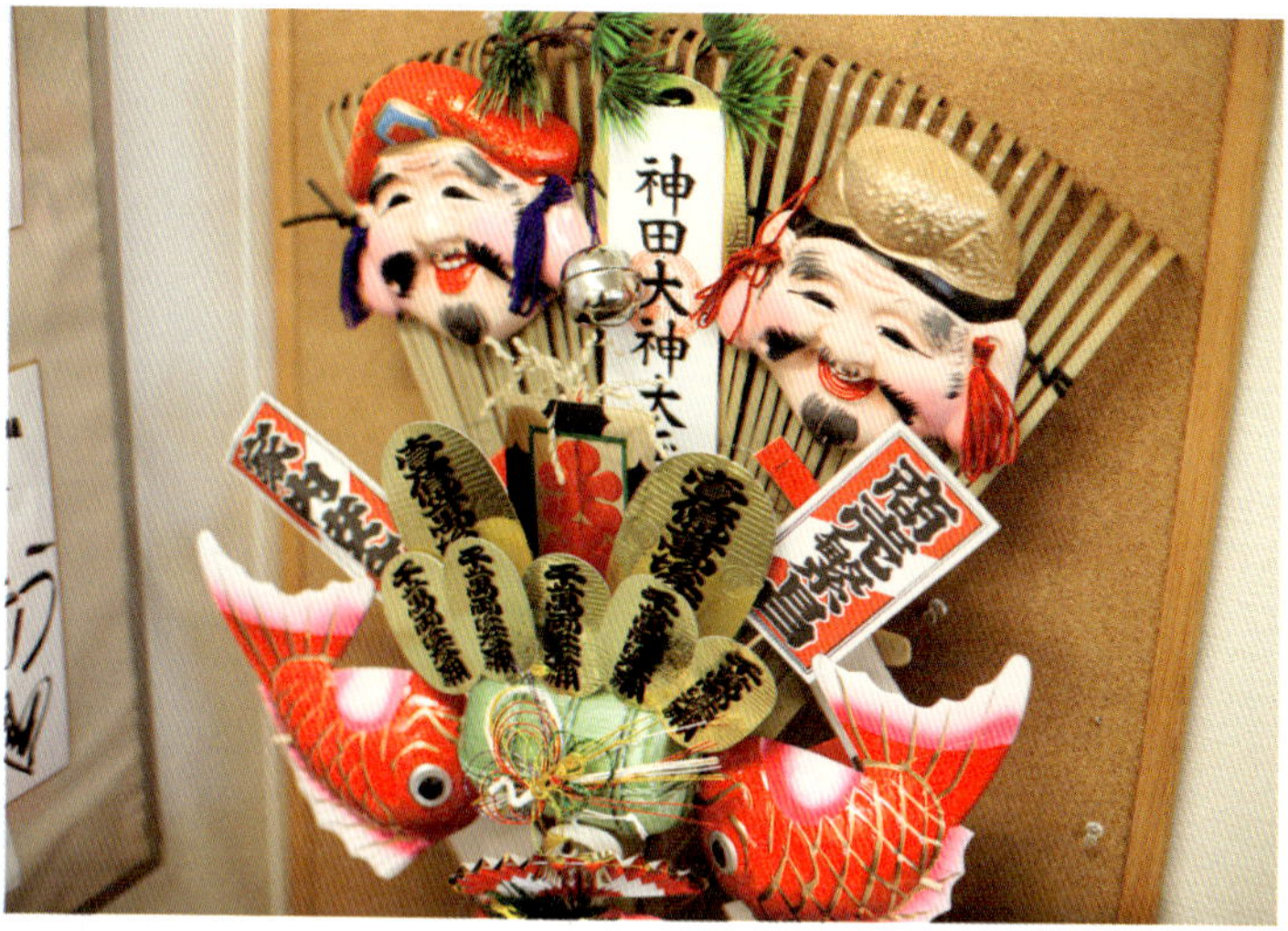

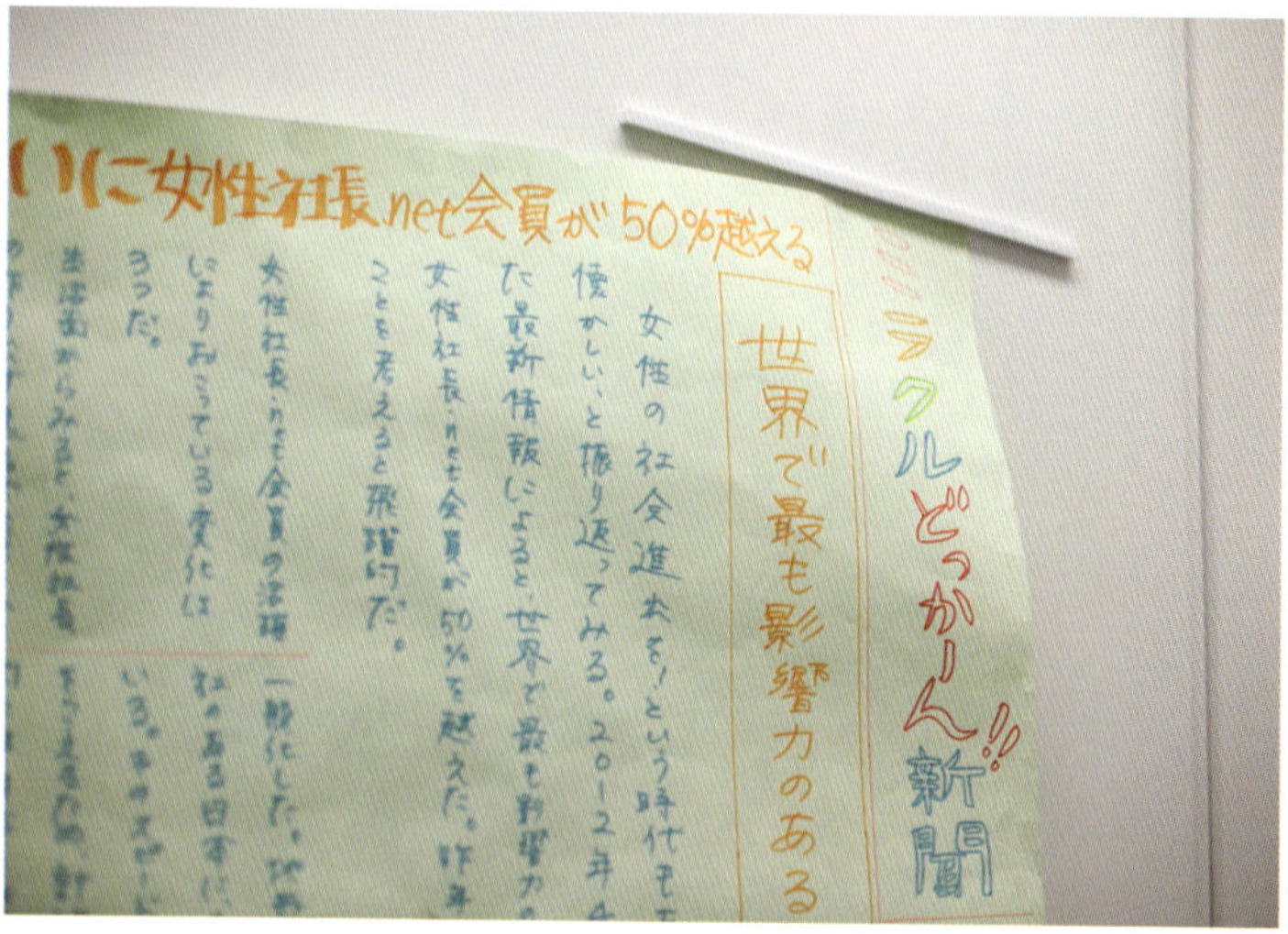

上／事務所のご近所には神田明神があり、その開運熊手を目立つ場所に。「オフィスは絵にならないし、なんなら私がこれ持って写真撮ってもらおうかなあ?」と

下／コラボラボのオフィスに貼られていた手書きの壁新聞は、その名も『ミラクルどっかーん!!新聞』

に仕事してみよう」と思ってくれるはずです。

公的機関などが開催する起業支援の講座はたくさんあるんですけども、起業後の一番しんどい部分についてのサポートはあまり行き届いていません。当事者同士だからできる情報交換や、生の声を聞ける環境があるだけでも延命につながるんです。

女性社長×おっちゃんコラボ

西　確かに起業をサポート、というフレーズはよく聞きますけど、そのあとの横のつながりというのはこれまであまり聞いたことがありません。一方でビジネスの場にはすでに経済団体のようなものはあるけれど、ニュースで観る映像はオッサンばっかり。
横田　私は、そのおっちゃんの中に女性社長を入れ込みたいんです。それは、双方にとって絶対にいいことだと思っていて。自治体や企業には、ものすごく優秀だけれども組織のなかでオモロくなくなっていく人がたくさんいて。
西　僕も会社という組織に20年以上いますから、実感はあります。スキルは上がるし手際もよくなるけど、角が取れてちょっと毒気が抜けるという感じ。

横田　そうそう！　料理にたとえるなら、「優秀だけどまろやかになりすぎた人たちのなかに、スパイシーな女性社長を投げ込んだら、なんか美味しいものができるんじゃないか」という感じです。

私は、いわゆるビジネスの文脈で語られるような、企業や自治体の人たちの言葉もわかる。でも、自分たちの世界の言葉だけで話している世界にも危機感を覚えるんです。「既得権益を守っているだけでは次の世代が育たない。もう、お願いだから新しいことにもチャレンジして！」っていう気持ちになります。だから、組織の世界のなかのイノベーター探しをすることも、私のミッションなんですね。

ちょっとくらいやんちゃしても大丈夫なのは、新事業ミッションを持たされた人、図太い自分がブレない自信があるやり手、あるいは出世をあきらめている人か、地位が上がりきっている人。そういう人を見つけて、女性社長を引き合わせていくんです。

西　なるほど、おじさんたちを口説きに行くこともするんですね。

横田　組織と女性社長のブリッジをつくる（橋渡しをする）のも大事な仕事なんです。おもしろいことに耳を傾けられる人を探して、女性社長をつなげていくというか。たとえば、2016年2月に開催した「内閣府共催企業×女性起業家マッチングイベント」は、女性社長のなかでもとびきりおもしろい人たち、本気で新しいことに取り組もうとする企業のお見合いです。
それから、企業や組織の言葉がわからない女性社長と何かやるときには、自分たちがディレクションに入って〝翻訳家〟としてかかわります。

西　「企業や組織の言葉がわからない」ということは、「ビジネスについて押さえるべきところが見えていない」ということだと思います。そういう人たちのなかにも、おもしろい種がありますか？

横田　やっぱりあるんですよね〜。だから、もったいないと思うんですよ。この人たちを活かして、世の中がちゃんと動いていてほしいという気持ちがあるんです。

「異色」も3割を超えれば

西　このアイデア、このスタイルに誰を結びつけたら上手くいくだろうか？　というところに「ワクワク」があるわけですね。実際のところ、うちの会社にも「部長」と名のつく人がたくさんいます。２０２５年には、社員の半分が50代以上になるとも言われていて。日本の企業の多くが同じような状況にあると思います。組織としては放っておくと硬直化しがちです。

横田　単純に、異質なものを混ぜるタイミングなんだと思うんですね。無理に、社内だけで何かしようとはせずに、上手に社外の人を短期的にでも組み込んでみるとか。テレビの世界は、番組ごとにプロジェクトチームをつくるような感じですか？

西　まあ、そうですね。それでも、決まった制作会社が出入りするとか、わりとルーティンは決まっていると思うので、横田さんがおっしゃるようなマッチングとはちょっと違うかもしれません。横田さんなら、ノウハウとお金はある組織の人と、未熟かもしれないけどすごいアイデアのある人とか。縦横無尽にマッチングできそうですね。

横田　新しいことをやっているようでやっていないことって、けっこうあると思うんです。私が在籍した頃のリクルートは、10年近くにわたって毎年1000億円の借金を返していたんです。ところが、いまや毎年1000億円余る会社になったんですね。すると、10年も我慢していたから、何に対して新しく大胆にお金を使えばいいのかわからない状態になっていたんです。

　いまの日本も、たぶん同じような感じだと思います。景気が回復して、ちょっとお金が回りはじめたときには、いままでと同じ人同士で同じようなことをするのではなく、新しく異色な人も混ぜてほしいです。いまは、異色なものをつぶして、可能性を見落としている場合じゃない時期だと思うんです。

西　異色なものを混ぜることで、次の世代につながる芽が出るかもしれない。

横田　そうですね。携帯電話も、世の中の1割しか使っていないときは新しもの好きの世界。3割が使うようになると持っていて当然、むしろ自分も持たなければという空気に変わります。

プロジェクト内に異質な人が4割を超えたら？　もしかしたら、もっと変わったことが自然にできる世の中になるでしょうね。

若い人は自分を出せるように

西　50代のサラリーマンと異質な存在とのコラボという意味では、女性社長だけでなく若者なんかもあり得るでしょうか。

横田　ああ、そうですね。年齢のダイバーシティ（多様性）もめちゃくちゃ大事だと思います。新しいやり方に挑戦する企業が増えてくると、女性や若者にも活躍の機会が来ると思います。

西　その機会を迎える時のために、若い人は何をしておけばいいと思いますか？

横田　自分を出す練習をしておくといいでしょうね。

西　自分を出す練習、ですか？

横田　私、ひとつすごく反省していることがあるんです。少し前まで、政府の委員会に呼ばれるといつも私が最年少だったんですね。ところが、気づくとちょっと歳を取っていて。

西　はい。それは40代特有の悩みですね（笑）。

横田　30歳前後の人が新しく入ってくると「私は若手だから」という意見が多い。実際、私も同じことを言っていたのですが、周りにいる人たちは「ただ、あなたの声が聞きたい」と思っていたってことにやっと気がついたんです。

西　若手代表としてではなく、その人自身の意見を言ってくれたらいいのに、と。目上の人にものを言うのは失礼だという考え方は根強くあるでしょうね。どう変えていけばいいと思われますか？

横田　場づくりのときに、異質な存在を3割以上入れるべきだと言っています。たとえば、役員会には、45歳以下、女性、外国人を3割入れる。そうすると、ものすごくしゃべりやすくなるんですよ。

西　確かに重厚な会議室、居並ぶ重鎮、という雰囲気は新参者を萎縮させますよね。というか、それが狙いかもしれません。ある程度の規模以上の組織って本質的に変化を嫌いますから、トップの威厳のようなものを示す雰囲気で異物を排除するベクトルが働いちゃう。

横田　場の構成員が違えば全然違うんですよ。最終的に決めるのは、おっちゃんだったとしても、そこに異質な存在がいるだけで、新しいものへの聞こえ方が変わる。「ＮＯ」から入らずに、まずは聞いてみようかなという空気ができるんです。

西　場のなかに、いろんな意見があるという前提がつくられるんですね。

セルフブランディングはダメ

西　先ほど、「自分を出す練習」とおっしゃいましたが、近ごろはフェイスブックやインスタグラムを使う若者が多いですよね。だから、自分の気持ちを出すということは日常的にやってはいるんです。

こうしたＳＮＳで出す自分って、どこか「演出した自分」じゃないかと思うんですね。本音でぶつかるのはめんどくさいので、違和感があってもとりあえず「いいね」を押しておく。そういうのを見ると、「よくそれだけいろんなものに『いいね』『いいね』と押すよなあ。オレは、本当にいいと思わないと押さないぞ！」みたいな気持ちになって。

横田　わかります、わかります(笑)。

西　社交辞令として「見ました」という「いいね」を押す。そんなものをつながりと言うんでしょうか？「自分を出す」どころか、コミュニケーションの不調を招くと思うんです。

横田　私が言う「自分を出す練習」っていうのは、思ったことを口にすることです。それこそ「納豆好き！」「納豆嫌い！」とかそういうことでいいんです。あのね、セルフブランディングはしないほうがいいと思いますよ。結局、絶対にはがれますから。

西　セルフブランディング。なるほど。

横田　何かと盛って書くんですよね。写真で目を大きくするくらいならいいんですけど。

西　ＳＮＳの普及で自分の文章を読んでもらう、自分の撮った写真を見てもらう場面は増えているけど、必ずしも横田さんのおっしゃるような「自分を出す」ということにはつながっていなくて、セルフブランディングという鎧《よろい》を着込んでしまっている状態ですね。

「あたりまえ」を取り払う

横田　それよりも、自分の声に耳を傾けてそれを正直に出してみることですよね。正直に出してみたらすごくしょうもないかもしれない。でも、それが自分だから出してみる。出してみないとわからないですから。

私は、ずっとあたりまえのことをあたりまえだと思っている人に腹を立てて生きてきたんですよ。ルールでも習慣でも、あたりまえをあたりまえだと思うのをやめてみたら、自分のなかの声に気づきますよ。「おかしいな」「ざわつくな」「好きだな」「嫌いだな」みたいな。自分の声を聞き流さなければ自然と「私はこう感じている」という意見がつくられていくかもしれません。

いろんな政府の委員会に呼ばれると、周りはみんな頭のいい人で、鋭い意見を言ったりしているなかで、私はひとりでふわっとしているんです。だけど、質問をすると10回に1回はクリーンヒットを出すんですよ。賢い人には恥ずかしくて聞けないことを聞くから、いままで出てこなかった答えが出てくるんです。

西　自分のなかの違和感を殺さず、きちんとキャッチして大事にする。打率一割で上等だと思って繰り出していくということですよね。それは、横田さんのお仕事へのスタンスでもあるのかもしれませんね。

横田　アメリカでは経営者に占める女性の数はもう3分の1くらいになっていて、経済的インパクトとして無視できない存在になっています。日本にいると暗くなってしまいますけれど、海外のカンファレンスに行くと女性社長の話って花盛りなんです。女性社長が増えることが経済的にプラスになると言われているので注目度も高いです。日本は組織の流動性が低いうえに、組織の人間がものごとをつくっているので、起業家に対する理解が不足しているんですよね。

でも、日本のあたりまえが世界のあたりまえではないですし、場を変えて自分のあたりまえを取り払いながら「自分はどう感じるか」を確かめる。その繰り返しだと思います。

上／企業と女性起業家の具体的なビジネスマッチングを促す交流会。14社が参加し、例年以上に成立率が高かったという

下／交流会で、企業と女性起業家の橋渡し役を務め、双方の関係づくりをサポートする

写真：竹之内祐幸（3点とも）

2016年2月10日、内閣府共催、企業×女性起業家マッチングイベントの交流会にて司会進行。インタビュー時のリラックスした表情とは違う実のところをいうと、いまでも「女性起業家が日本を救う」という横田さんのテーゼについては、その具体的な道筋までも理解できたわけではない。私は自分でも理屈っぽすぎると自覚するほど理屈屋だが、横田さんは直感で動くタイプとお見受けした。この組み合わせ、イケるかも！という自分の感覚をまっすぐ信じて動いていて、それをちゃんとビジネスにしている。

誤解を恐れずに言うが、横田さんは決して器用な方ではないように思う。むしろ不器用なほうかもしれない。でも、彼女に見えている女性たちのもっている魅力を、自分なら掬い上げ、つなげ、輝かせられるという直感力がある。そしてその直感を信じて動く行動力がある。だからこそ、彼女と一緒に仕事をしたいというネットワークがしっかりと彼女のまわりにできているのだろう。

起業家同士をつないで新しいモノやサービスを生み出す、なんていうとずいぶんスマートに聞こえるが、プロジェクトの各関係者の要望に応じて「落としどころ」を調整したり、トラブル発生を鎮火させるのに奔走したり、日々奮闘する女性社長同士で励まし合ったりと、その実はどこまでも泥臭い地上戦なのだと思う。打率１割で上等、というのもおそら

＊　＊　＊

く偽らざるところなのだ。オフィスの様子から感じたあの温度感は、きっとそういうことなのだろう。

日本ではインテリやマスコミが妄想の世界で物を言っていますが、一般市民は冷静に見てますよ。

デービッド・アトキンソンさん

日本「観光立国」提唱者
小西美術工藝社代表取締役社長

David Atkinson

1965年、イギリス生まれ。オックスフォード大学にて日本学専攻。1992年に投資銀行のゴールドマン・サックス証券会社入社。日本の不良債権の実態を暴くレポートを発表し、注目を集める。2006年に同社共同出資者となるが、マネーゲームを達観するに至り、07年に退社。1999年に裏千家に入門、06年には茶名「宗真」を拝受。2009年、文化財などの修復施工を行う老舗・小西美術工藝社に入社、取締役に就任。11年には、同会長兼社長に就任し日本の伝統文化を守りつつ、文化財をめぐる行政や業界の改革への提言を続けている。著書に『イギリス人アナリストだからわかった日本の「強み」「弱み」』(講談社＋α新書)、『新・観光立国論』、『国宝消滅——イギリス人アナリストが警告する「文化」と「経済」の危機』(以上、東洋経済新報社) など。

世界有数の名門校オックスフォード大学を卒業し、世界最大級の投資銀行ゴールドマン・サックス証券会社でアナリストとして活躍。40代前半にして早々にリタイアした後は、日本で文化財の建造物補修を手がける会社の社長に就任。裏千家に入門し、茶名を拝受した茶人でもあり、京都にも自宅がある……。はっきり言って「いかにもテレビで取り上げられそう」な経歴だ。

しかし、それだけでアトキンソンさんを理解しようとすると、おそらく大きく間違える。アトキンソンさんは、著書『イギリス人アナリストだからわかった日本の「強み」「弱み」』のなかで、最近のテレビの「ニッポン絶賛番組」について、強い違和感を容赦なく綴られている。

「こうした番組は日本の強みの検証ではなく、日本が強くかつ相手国が弱い特徴だけを取り上げて優劣を競うという、結論ありきで、フェアではないことが多い印象だからです」（同書「はじめに」7頁）

そのまま読み進めると、「おもてなしなんて観光のセールスポイントにはならない」「そもそも自分たちの思うおもてなしを押し付けてもただの自画自賛」「治安がいいだけで観光にくる外国人なんていない」と辛辣な指摘が続く。

たしかに最近のテレビは、日本の文化、習慣、製品などを海外諸国と比べて「ああやっぱり日本はすごい！」と礼賛する番組が多い。とても多い。スタジオのひな壇には、日本を愛する外国人が居並んでいて「いやホント、ニッポンは素晴らしいよ」と口々に言う。私も日本人として自分の国や人々や製品が褒められるのはうれしいし、誇りにも思っている。でも、それを日本人が自分で（しかもあっちでもこっちでも）やっていることに少々違和感を覚えているから、アトキンソンさんの言葉に「わが意を得たり」と思わず小膝を打ってしまう。

日本好きのイギリス人インテリ、なんて簡単な人ではない。ここはひとつ、気持ちよく日本の勘違いを叱ってもらおう。そんな心積もりで対談に臨んだ。

「日本をほめてください」番組の謎

西　最近、放送局の人間である僕から見ても「日本をほめてください」という番組が多すぎる気がします。でも、昔はこんな番組ばかりじゃなかったと思うんですよ。

アトキンソン　ああ、ここ何年かは特に増えましたね。

西　昔は、自動車なり工業製品なり、自分たちがつくるモノや文化に自信を持っていても、テレビであんなふうに「ほら、外国人が日本をこんなにほめているよ！」という番組を毎日のように放送することはなかったと思うんです。

アトキンソン　この5年、10年くらいのことじゃないですかね。そういう、曲解した妄想の世界をつくり出すようになったのは。この風潮は、テレビだけで起きていることではありません。銀行アナリスト時代から、政府などのさまざまな委員会に参加していますが、以前よりかなりよくなっているとはいえ、毎回出席するたびに根拠に乏しい身びいきの発言が委員の一部から多く出てビックリします。「今日は控えめにいこう」と思っていても、最後にボーン！と爆発したりね。

たとえば、ある委員会で配布された資料に「日本のサービスの優位性を海外に発信する」

とか書いてあって。アナリストとしては、それはどこの国のどの部分に比べて、何がどこまで優れていて、発信された側にそれが響くか……などの分析がほしくなります。断言ではなくて検証してもらいたいのです。

データはきちんと分析をして見る必要があります。２０１５年は「訪日外客数が約１９７３万人を達成した。すごいじゃないの！」という話がありました。たしかに、「前年の約１３４１万人からの伸び率」という意味ではすごいです。しかし、東京23区より少し広い国土面積しかないシンガポールには約１５００万人、世界の観光大国であるフランスには、約８４００万人もの外国人観光客が訪れます。アジアだけで見ても、日本は8位（中国、香港、マレーシア、タイ、シンガポール、マカオ、韓国に次ぐ。世界銀行の２０１４年データより）になっただけ。まだ潜在力がフルに発揮できていません。

西　それにしても、この5年、10年のあいだになぜこういう風潮が強まったのでしょう。「ジャパン・アズ・ナンバーワン」の神話が崩れたからでしょうか？

アトキンソン　日本人の職人的なものづくりや、日本型経営の企業が牽引して奇跡的な高度経済成長を成し遂げた、ということが語られますが、それもまた、アナリストから見ると、言われるほど単純なものではない、ある意味で〝妄想〟だと言わざるを得ません。

西　えっ⁉　「日本は戦後奇跡の復興を遂げて先進国の仲間入りをした」というストーリー

も妄想なんですか?

アトキンソン　「戦後先進国の仲間入りをした」というのは神話です。そもそも、第二次世界大戦がはじまった1939年当時、日本はすでに世界第6位の先進国でしたから。『イギリス人アナリスト　日本の国宝を守る』と『イギリス人アナリストだからわかった日本の「強み」「弱み」』という2冊の本では、日本の高度経済成長の分析を行いましたが、もうむちゃくちゃ評判が悪い(笑)。日本人の戦後の奇跡の復興という聖域に踏み込んでしまったからですね。

高度成長は「奇跡」ではない

西　じゃあ、どうして戦後の日本は高度経済成長を成し遂げられたのでしょう。

アトキンソン　ひとことで言えば「人口が爆発的に増えたから」です。まず日本は、ドイツやイタリアと違って「最後の最後まで戦うんだ」とやって、空襲で多くの町を焼かれ、国民の命を失い、GDP(国内総生産)がもっとも大きく減少して、敗戦時は戦前の半分でした。

しかし、一度先進国になった国が途上国に逆戻りすることはありません。やがて元に戻ればGDPはそれだけで、倍になります。さらに、出生率が上がると同時に平均寿命が伸びるので、欧州に比べて日本の人口は爆発的に増加しますよね。

先進国において人口が増えて、一人当たりのGDPが減るということはほとんど確認されていませんし、「人口とともに比例配分してGDPが大きくなる」ということは、経済史上誰もが認める事実です。日本の技術を基に相対的な人口激増をベースにして高度成長したのは、当たり前でした。GDPなんて、言わば計算機の世界です。要素となる数字をそろえて、計算機を叩けば出てくるわけです。だけど、特に戦後復興の世代の人は、この数字上の事実を見せられても「違うんだ！」と言うんですよ。

西　「違う」というのは、高度経済成長できたのは「日本人ががんばったからだ」「日本人は勤勉だから」「日本の技術がすごいからだ」ということを信じているからですね。

アトキンソン　そうです。1960年代には「日本は技術大国ドイツをGDPで追い抜いた」「だから日本の技術のほうが優れている」という考え方もありました。でも、実際のところ、一人当たりのGDPを見ると、日本が1881ドルであるのに対して、ドイツは2989ドル。圧倒的にドイツのほうが高いんですよ。ドイツより大きくなった支持要因は技術でしたが、決定要因は人口でした。技術だけというのは誤解です。

私がこうした分析結果を出すと、「日本をバカにしているのか」と爆発しちゃう人もいます(笑)。「人口が多い国なら、パキスタンやナイジェリアだってあるじゃないか!」と反論する人もいますが、私の比較はあくまでも先進国の中の話です。すると、少し上の世代の方なら「アメリカは、カリフォルニアがあってクリエイティブな人たちが起業をするし、移民を迎えるから一番。日本は勤勉だから二番。ドイツは勤勉だけど、ヨーロッパ人で休みが多いから三番」という持論を展開されますね。

西 ああ、僕らが思う分析ってそんな感じかもしれません(笑)。

アトキンソン ただ、高度成長は主に人口増加ではなくて「日本人が素晴らしいから成長したんだ」「日本人のDNAだから」ということにすると、「失われた20年」と言われるように日本のGDP成長が止まると、「日本人は自信をなくしている」「DNAが悪化している」などというロジックになります。

西 そこで、テレビが「日本人はすごいんだ」と言う必要が出てくるんですね。

アトキンソン 「自分たちの素晴らしさをもう一度」「自信を取り戻そう」と、テレビも新聞も言うわけです。さらには、うまくいかない理由を他に探そうとします。「いまの教育制度はおかしい」「政府は使えない」「官僚の質が落ちている」とかね。

理由は明白です。人口が伸びなくなって、生産性も向上していないから、経済が横ばいになっているだけです。日本は「なぜ、自分たちは世界第2位、第3位の経済大国になったのか」という理由を冷静に認識できていないから、ＧＤＰの成長が止まると、停滞する理由もわからない。だから、神話を守ろうと躍起になるのです。

日本人の「勤勉さ」の定義

西　日本は、一人当たりのＧＤＰはさほど高くないというお話が出ましたが、つまり日本人の生産性は低いということになるでしょうか。

アトキンソン　ＰＰＰ（購買力平価）ベースで見ると世界で29位ですよ。33位はイタリア、34位はスペインです（左表参照）。スペインの生産性は、日本と1割しか変わらないのに失業率は22・7％もあるんですよ（２０１５年4月時点）。

西　ということは、実際に労働している人を単純比較すると、ＰＰＰベースではスペインのほうが日本より高いということですか。

アトキンソン　そうなります。数字で見る限り、日本人はイタリア人やスペイン人より生産性だけで定義するなら、勤勉ではないんです。

西　それは衝撃的な事実ですね。日本人は寝食を忘れて働き、休みもとらないし、当然シエスタ（お昼寝）なんかもないし、サービス残業は当然で。「どうだ、勤勉だろう」と言ってきたのに、生産性は高くない……。

アトキンソン　客観的な事実として、日本人の生産性はとくに年間の勤務時間の多さも考慮すると、著しく悪いんです。かつては、主に人口増加によってＧＤＰが増えたけれど、これから人口減少するに伴って生産性向上をしなければＧＤＰは大きく減っていきます。

世界の一人当たりの購買力平価GDP（USドル）ランキング〈出典〉
IMF-World Economic Outlook Databases（2015年10月版）

順位	名称	単位USドル	地域
1	カタール	137,161.87	中東
2	ルクセンブルク	97,638.71	ヨーロッパ
3	シンガポール	83,065.59	アジア
4	ブルネイ	79,890.18	アジア
5	クウェート	70,685.70	中東
6	ノルウェー	67,165.70	ヨーロッパ
7	アラブ首長国連邦	66,346.63	中東
8	サンマリノ	60,886.75	ヨーロッパ
9	スイス	58,148.75	ヨーロッパ
10	香港	55,096.96	アジア
11	アメリカ	54,369.83	北米
12	サウジアラビア	52,310.95	中東
13	アイルランド	51,283.75	ヨーロッパ
14	バーレーン	49,020.17	中東
15	オランダ	47,959.90	ヨーロッパ
16	オーストリア	46,640.27	ヨーロッパ
17	オーストラリア	46,550.05	オセアニア
18	スウェーデン	46,219.39	ヨーロッパ
19	ドイツ	46,215.71	ヨーロッパ
20	台湾	46,035.83	アジア
21	カナダ	44,967.27	北米
22	デンマーク	44,625.32	ヨーロッパ
23	アイスランド	44,029.39	ヨーロッパ
24	オマーン	43,847.06	中東
25	ベルギー	43,139.15	ヨーロッパ
26	フィンランド	40,660.71	ヨーロッパ
27	フランス	40,537.54	ヨーロッパ
28	イギリス	39,826.06	ヨーロッパ
29	日本	37,518.75	アジア
30	赤道ギニア	36,785.09	アフリカ
31	韓国	35,379.02	アジア
32	ニュージーランド	35,305.27	オセアニア
33	イタリア	35,131.05	ヨーロッパ
34	スペイン	33,835.01	ヨーロッパ
35	マルタ	33,197.52	ヨーロッパ
36	イスラエル	33,135.69	中東
37	トリニダード・トバゴ	32,170.23	中南米
38	キプロス	30,881.90	ヨーロッパ
39	チェコ	30,046.76	ヨーロッパ
40	スロベニア	29,866.54	ヨーロッパ

上／冷静沈着で舌鋒鋭い論客。しかし、ひょんなことから話題が養老孟司さんに及ぶと「私は養老先生が大好きです」と柔らかな笑顔に

下／著書へのサインも堂に入ったもの。漢字の「とめ、はね、はらい」お見事です

ＧＤＰは、人口と生産性をかけ合わせた数字です。生産性が高くて人口が増えないなら選択肢は限られて、難しくなります。だけど、日本の人口は増えないけれど、生産性を高める余地はまだまだあります。だって、アメリカの一人当たりＧＤＰは約５万４０００ドルですが、日本は約３万７０００ドルですよ。

西　おそらく生産性が低いといわれてもピンとこない人が多いでしょうね。「これ以上、どう働けって言うんだ？」と。

「付き合い残業」「ご挨拶」は生産？

アトキンソン　ところが、日本人一人当たりの生産性を直視すれば、勤務時間が世界的に見て長いからその中にムダがたくさんあるはずなんです。日本人は長時間働くけれど、ＧＤＰに貢献していない時間が多いと解釈するしかないのです。「仕事があるから帰れない」ではなく「部長が帰らないから帰れない」なんてこともありますよね。１日の中から、本当に必要かどうかわからない作業や打ち合わせの時間を省くだけで生産性は上がります。「人口が減るから移民を迎えなければいけない」というのは、あくまでも従前主義にのっとった考え方だと思います。

西　うーん。「ムダをカットしたら生産性が上がるだろう」というのは理屈ではわかりますが、イメージがまだわかないです。

アトキンソン　私は、日本で働いてみて「1時間あたりの生産性が低いな」と思いました。「日本人は意外にイメージしたほど汗を流せない国民だな」と。簡単に言えば、ムダが多くて賢く働いていないと思います。

西　おお⁉　日本人は額に汗して働く国民だと思っていました。めっちゃがんばってるけどな、僕……。がんばっていない、汗をかけないって、どういうことですか？

アトキンソン　この問題はかなり根深いものだと思います。「制度を変えよう」「会社の利益を向上させよう」というと「日本は利益より公益」「西洋の価値の押しつけだ」と反発しますよね。つまり、いまのままで居心地がいいと思っている人が非常に多いからです。

西　「生産性を上げる」ということは、「いまよりもっとがんばれ」ということですから、やはり反発もあるでしょうね。

アトキンソン　「いま以上に、あなたの仕事に負荷をかけますよ」ということを言うわけですからね。でも日本人のビジネスには、生産性を生み出さない文化的な部分が多いとも思うんです。

たとえば新年の挨拶まわり。つい1週間前に終わったばかりの年末の挨拶に続いて、大企業であれば秒単位で次から次へと現れる取引先の顔なんて、覚えていられないと思いませんか。この前、シンガポールと日本のメールの書き方が話題となりました。たった1行で済むような用件でも日本は「近ごろは暖かいですね。その後、お変わりありませんか」云々とたくさん書いて、最後のほうにやっと「ところで、この数字をまとめて送っていただけませんか」と書く。

「お茶に人を呼ぶ訳じゃないのだから、用件だけを書くようにしなさい」と言ったとしても、なかなかみなさん認めないと思いますね。

西　ああ、たしかにそうですね。いきなり用件から切り出すのは失礼だという価値観は染みついていますね。「先日はお世話になりました。ひさびさにお顔を見られてうれしかったです。お変わりありませんか。お子さんはもうすぐ生まれるということですけれども……」と、僕も書いていますね(笑)。

アトキンソン　講演会の依頼があると多くの場合「ご挨拶に行きます」と言われるんです。「必要がありませんので」と断るのですが、結局は3〜4人が飛行機に乗って遠方から来るんですよ。「このたびはどうぞよろしくお願いします。つきましては、何月何日に……」「予定は秘書が押さえております」「当日は何をお話しになりますか」「いつもと同じことで

大きな反響を巻き起こしたアトキンソンさんの著書。最新刊『国宝消滅―イギリス人アナリストが警告する「文化」と「経済」の危機』（東洋経済新報社）も絶好調

よろしいですか」。せっかく来てもらったので結局1時間ぐらいの打ち合わせになりますね。風流だと思います。

生産性だけを考えれば電話1本、メール1本で済むことなのに、と思います。「ご挨拶」にも給料は支払われるでしょうけれど、GDPへの貢献はほぼゼロですよね。

西 たしかに(笑)。でも、どうなんでしょうね。たとえば、茶道では「一杯のお茶をどうおいしく飲んでいただくか」ということから儀式がどんどん複雑化し、随所におもてなしの気持ちが込められていきましたよね。我々のなかには、ビジネスにおいても礼を尽くしたうえで「ちょっとだけ、お金の話をしてもいいですか」と言うほうがうまくいくという考え方があります。

アトキンソン 文化としてはあり、だと思いますよ。でも、「おもてなしの気持ち」は無償ではないわけで、一人当たりの生産性を下げています。一方で、社会保障はどんどん膨らんでいるから、日本は借金をしているわけですよね。

じゃあ、日本の選択肢としては、社会保障をやめるか、国そのものが破綻するのか、あるいは国民がより効率よく働くのか。そのいずれかしかないということです。

「おもてなし」目的で外国から来るか

アトキンソン　「おもてなし」といえば、東京五輪誘致に向けたＩＯＣ（国際オリンピック委員会）総会で、フリーアナウンサーの滝川クリステルさんが「お・も・て・な・し」と一音ずつ区切ってプレゼンテーションを行い話題になりました。すると、日本のマスコミは、「あのプレゼンテーションが高く評価されて、オリンピックの日本開催が決定した」と言わんばかりの報道をしましたね。でも、五輪誘致は「お・も・て・な・し」で決まるような単純なものではないです。選考の経緯はちゃんと議事録にも残っていますよ。

ひとつの理由は、トルコ（イスタンブール）の政治的不安、スペイン（マドリッド）の財政的不安というマイナスを見ると、東京は不安材料が少なかったということです。

もうひとつは、前回の問題点をちゃんと解決したことが評価されています。前回はＩＯＣ総会にオリンピック選手を中心に連れていきましたが、今回は皇族もご臨席され、総理大臣、東京都知事、パラリンピックとオリンピックのメダリストが熱心にアピールしました。

西　決して「お・も・て・な・し」だけが評価されて、五輪誘致に成功したわけではない、と。

アトキンソン　むしろ、「お・も・て・な・し」と一音ずつ区切る言い方は、欧州では「相手を見下している」と取られかねません。海外からの批判もありましたが、滝川さんは「国内では絶賛されました」という主旨のコメントを発表されたので驚きました。

お客さまをもてなす「おもてなし」を語りながら、迎える対象となる海外の評価は気にせずに国内の評価を重んじるというのはどういうことでしょうね。ネット上の情報を見ても、とくに2年前までは、観光客の誘致に「おもてなし」をアピールしているのは日本だけ。海外の観光業に関する学問的な分析などを見ても観光のポイントに「おもてなし」を挙げる例はほとんど確認できません。外国人観光客に響かない、本来は人にほめられて謙遜するようなことを、自らアピールするというのはちょっと気持ちが悪いですね。

西　僕もあのプレゼンには違和感がありました。日本人は、もともと「認められたい」という気持ちを内に秘めてがんばるようなところがあったと思うんです。ですがあれはもう、「み・と・め・て っ!」と絞り出しちゃっている。

アトキンソン　さらに言うと、「おもてなし」の相手は外国人だから、訪日観光客を誘致するうえで肝心な海外の統計では、強い動機にはならないのです。また、「おもてなし」の特徴のひとつは「言われる前に自分で考える」だとされています。しかし、このスタイルのサービスが成立したのは日本人同士だからこそで、多種多様な背景をもつ外国人のニーズを読み取るのは無理だと思うのです。「おもてなし」を打ち出すにしても、外国人をもてなすうえでの「おもてなし」を再検討する必要があるでしょう。

そもそも、誰が高い航空運賃を支払って「おもてなし」を体験するためだけに日本に来ると思いますか。フランスは世界一の観光大国ですが、「おもてなし」に関しては評価が低いと、フランス政府は最近、問題視するようになりました。つまり、観光立国を目指すにあたっても、「おもてなし」は必須条件ではないということは明らかなのです。

「中国崩壊」の妄想

西　日本人は、オリンピックとノーベル賞がすごく好きですし、「世界に認められる国ニッポン」という欲求はもともと強いと思うんですね。だけど、近年のマスコミ・世論の変質には不安な思いすら抱いています。

アトキンソン　経済成長が止まったために、世界が日本に注目しなくなりましたから。昔は、アメリカ大統領が就任するとすぐに訪日しましたが、いまは全然来なくなりましたよね。いま注目されているのは中国です。日本のマスコミなどはその中国に関して、「バブル、崩壊する、成長率が鈍化しているから危機だ」といった報道をすることが多いです。

中国に関して言えば、１９８０年から２０１５年までの35年間に名目ＧＤＰは１４８倍以上も急成長しているんです。戦後の日本が、急成長してその後成長率がずっと下がっているのと同じで、いまは中国も成長率が下がるのは当たり前です。

「中国は成長率が下がっているからやがて崩壊する」と言うなら、日本だって崩壊していてておかしくないはずですよね。「いや、中国は分裂するんだ」と言う人もいます。でも、中国のＧＤＰは上海や北京などの大都市で成り立っているので、周辺の省が分裂しても中国経済そのものは崩壊しません。

西　昔は「沈没するアメリカ」「アメリカ崩壊」みたいな本が出ていましたが、最近はそれが全部「中国」に変わったような印象があります。

アトキンソン　どうやら、強いものをつぶしたいという風潮があるみたいですね。イギリスやアメリカでも、愛国心の強い右翼的な人たちがそういった本を出すことはあります。しかし、大学の研究者やマスコミレベルになると「中国は崩壊する」とは言えないし、言わない。言うなら言うで、自分の立場を賭けて徹底的に検証したうえで論じなければいけません。

ところが日本には、10年前から「中国は崩壊する」と同じような本を毎年のように出す人がいますけれど、なぜか人気があったりしますね。

西　イギリスでなら、そんな無責任な持論を展開していたら信用をなくしてしまいますか。

アトキンソン　「２０１６年に中国は崩壊する」と言って崩壊しなかったら、まず世論を形成するグループから外されますよ。私から見ると、日本では、本来世論を形成しなければいけないインテリ層、マスコミのほうが妄想の世界でものを言っていると思うんです。どちらかというと、一般市民のほうが冷静に現実の世界を見ているのではないでしょうか。

文化財予算を変えねば

西　ゴールドマン・サックスより前のソロモン・ブラザーズ証券会社時代に、日本政府や銀行が「不良債権は数兆円」と見積もっているのに対して、アトキンソンさんは「銀行の不良債権」というレポートで20兆円という数字を試算されました。

後に、銀行の不良債権は20兆円よりも膨れ上がっていたことが明らかになりましたが、当時は各方面からの非難にさらされ、一時期は日本を脱出されたそうですね。ものすごく大変な思いをされたのに、また日本に戻ってこられたのはなぜなのでしょうか？

アトキンソン　あははは。たまに、自分でもよくわからないことがありますね。

西　ゴールドマン・サックスを退職された後は、悠々自適の生活だったのに、小西美術工藝社の社長を引き受けられたのは、「自分を必要とする人がいるなら」というお気持ちだったのでしょうか？

アトキンソン　最初からこうなるとは思っていなかったんです。隣に住んでいた人がたまたま小西美術工藝社の先代社長で、頼まれたので経営の中身を見たら「これは、どうしようもないね」と。そんなときに、番頭さんが亡くなってしまわれたので、社長を引き受けざるを得なかったんです。

小西美術工藝社に入ると、文化財予算を変える必要があることがわかりました。文化財予算を変えるためには、日本の観光立国における文化財の重要性の理屈をきちんと成立させなければいけません。小西美術工藝社の仕事をしながら、いろんな委員会に出席して、この2年間で4冊、日本の国宝や観光についての本まで書いているんですから。一分一秒を削ってまで、いったい自分は何をやっているの？と、ときどき思いますね。

政策の委員会に、自分のほうから「入れてください」と言ったことは一度もないです。ただ、声をかけていただいた以上は、よほどの理由がない限りは応えようと思いますし、国策にかかわる場に出席する以上はきちんと責任を果たすべきだと思います。だって、1

億3000万人もいるなかから私に声がかかってきたのに「イヤです」と言えますか。

西　言えないですね(笑)。アトキンソンさんは、自分から「やりたい」と手を挙げることはしないけれども、他にやる人がいないと思えば引き受けるタイプですか。

アトキンソン　ああ、そうかもしれません。他にやりたい人がいれば自分がやろうとは思いませんね。

ただ、大事な会議となると昔から相手が誰であれ言っていることがおかしいなら「おかしい」とハッキリ言うのは平気なんです。重要な発言には必ずデータや根拠がほしいと思います。委員会に私が出席していると、ちょっと緊張感がありますよ(笑)。周りの人たちは、私を見て「あっ、来たよ!」みたいな。

西　怖がられているんですね(笑)。

アトキンソン　日本で働きはじめてからずっと、当時の不良債権の委員会でさえも、金融の話だから、なおさら数字が求められていても、実は感情的・抽象的な議論が多かったんです。だから、「その意見の根拠はなんですか」「その数字は何に基づいて出したものですか」とデータを出してもらって、客観的に見てもらうしかないんです。

たとえば、観光戦略の資料に「イギリス人は文化が好き」と書いてあるとしますよね。イギリス人には貴族もいれば、フーリガンもいるわけで「あなたは、どのイギリス人を指しているのですか」と確認します。すると、みなさん「えー……（なんでこの人呼んだの？）」って雰囲気になります（笑）。

役割が違うだけで、人間は平等

西　アトキンソンさんはどんな子どもだったんですか。

アトキンソン　自由気ままだったと思います。テニスがやりたくなったらテニスをやり、勉強したいことがあれば勉強して。

西　子どものころになりたかった職業は？

アトキンソン　ない。全然ないです。ゴールドマン・サックスに入ったのも、友だちに誘われたから面接を受けに行っただけでしたしね。

西　何か「自分にしかやれないことがある」というような直観をもっておられたのでしょうか。

アトキンソン　いいえ。うちの家系は長くて私で33代目になるのですが、祖母はいつも言っていました。「33代というのは記録されているかどうかの話であって、世の中の誰もが33代目ですよ」と。先祖の功績を見ると、歴史に残るのは2人くらいで、あとの31代はたいしたことない人ばかり。いつも思いますが、自分が死んでも世の中は止まりません。

私には、人間は根本的に平等であるという考えがあります。日本に住みはじめて25年以上になりますが、「日本とイギリスのどちらが上か」とよく聞かれますが、私はそれについて考えたこともありません。たとえば、「新幹線は日本の技術力の優位性を表している」と言いますね。日本は国土が南北に長く鉄道の必要性が高いのです。人口が多いから、規模に応じた経済の力が働くことによって設備投資予算がその分だけ多くなるので、鉄道技術が高められたわけです。

イギリスはイギリスなりに、自分たちを存続させるうえで必要なことを選んで力を入れています。日本は新幹線に注力することで、他の何かで犠牲を払っているでしょう。私は、自分のことを究極の国家平等主義者だと思っています。

西　アトキンソンさんに食ってかかる日本人には、「見下されている」という被害妄想があるかもしれません。

アトキンソン　なかには、そういう人もいると思いますよ。でも、私は誰のことも見下したりはしていません。小西美術工藝社の職人たちのことも、学歴だけで見れば大きな違いはあっても、一度も見下したりしたことはありません。私と職人には、役割の違いはあるけれど、私は私の才能、職人は私にない才能を発揮しているから、人間の違いがあるとは思えないですね。

西　それぞれに、それぞれの人生を送っているだけと。そう考えていくと、たしかに平等ですね。

アトキンソン　私の家はずっと同じ地所にありますから、そこに先祖代々のたくさんのお墓もあるんです。子どもが生意気ざかりになって「自分は世の中で不可欠な人間だ」と考えたりするようになると墓地に連れていかれるんです。「ここに眠っている人は、みんな自分のことを不可欠だと思っていたけれど、全員死んでいます。世の中は止まっていないよ」

西　うわ〜。すごい教育ですね……！

アトキンソン　イギリスは、階級の一番上と下がつながっていると言います。一番上の女王陛下や貴族は「威張る必要はない」。そして一番下の人は「威張れない」。威張ることのない人同士が、一番意見が合うからです。

　オックスフォード大学では、衝撃的な体験をしました。私が学んだ日本学部には、私みたいな凡人の周りに世界中から究極の語学の天才が集まっていました。忘れられないのは、「少しずつ覚えなさい」と漢字の本を渡されて、週末のあいだにすべて覚えてしまった学生がいたことです。

西　その人はいま、何をしていらっしゃるんですか。

アトキンソン　大学の先生ですね。毎年、どこかの言葉をひとつずつマスターして、いまでは40～50の言語をほぼ完璧に習得しているようです。もうひとり、数学の天才がいたのですが、彼の卒業論文はオックスフォード大学、ケンブリッジ大学、ハーバード大学、マサチューセッツ工科大学の先生たちが集まっても、何割程度しか解けなくて点数をつけられなかったんです。

西　本当に、すごいところにいたんですね。桁違いの天才たちに出会ったからこそ、それ以外の人たちのあいだには大差ないという感覚をお持ちなのでしょうか。

アトキンソン　ああいう人たちに出会えば、威張れなくなると思いますね。解剖学者の養老孟司先生とは知り合いなのですが、まさしく「バカの壁」ですね。

西　養老先生はベストセラーの著書『バカの壁』（新潮新書。２００３年の発売以来４４０万部を超えた）で、「人間というものは、結局自分の脳に入ることしか理解できない」、だから「理解できない相手をバカだと思う」という視点から社会を論じていました。

10年ほど前に、先生にインタビューさせていただいたことがあるのですが、アトキンソンさんとお話ししていると、その時と似たような感じですね。お二人とも、おっしゃることがあまりにもその通りすぎて、かえって飲み込めなくなるんです。

アトキンソン　私は養老先生が大好きです。先生と比べものにはならないが、似ているところがあるとしたら、本質だけを取り出してシンプルに言い切ってしまうところでしょうか。たとえば、私は『イギリス人アナリスト日本の国宝を守る』で、高度経済成長を分析した結果だけを書きましたが、この結果に至るまでの分析のプロセスはものすごく長いんです。養老先生も同じですね。いろんなことを考えた結果として「本質はこうでしょ」と言う。

西　たしかに。「だって死者は嘘をつかないでしょう?」とポンと言われると、「ん?　その言葉自体には何の矛盾もないけれど、もうちょっと手前の部分を勉強してきますので、その後でもう一度お話ししませんか」という気持ちになるんですよ。

アトキンソン　私が本に書いた「高度経済成長は何だったのか」は25年間の迷いのプロセスを経て出た結論なのです。もちろん、この迷いのプロセスを長々と説明してから「結果としてこの結論が出ました」と書くこともできます。

私は、この迷いのプロセスを書くことは「自分がどこまでバカなのか」を自慢するだけでみなさんに迷惑をかけると考えているから、結論だけを言うんですね。だから、みんなついてくることができない。養老先生はそれよりずっとすごいから、私みたいな凡人と比較してはだめですよ(笑)。

西　ああ、だから理解するのに時間がかかるんですね。

アトキンソン　養老先生は、結論が出るまでのプロセスについては言わないんです。ひとつひとつの言葉に責任をもって発言していますから。私は養老先生のそういうところを大変尊敬しています。

西　アトキンソンさんの本を読むときも、自分と対話しながら理解していく時間が必要でした。最後、養老先生のお名前が出て非常に納得できました。明快ではあるけれど、時間をかけて咀嚼《そしゃく》したいお話であり、人だなあと思います。

＊　＊　＊

ゴールドマン・サックスで十分に活躍し、資産もある。あとは好事家《こうずか》として静かに暮らす道もあったはずだし、早期にリタイアしたということはそういうつもりだったのだろうと思う。舵取りの難しい企業の社長を引き受けたり、政府の委員を引き受けて丁々発止やりあったり。たぶんたいしたお金にもならない、なんなら面倒なことをなんでやってくれているのか、という問いに「だって、1億3000万人もいるなかから私に電話がかかってきたのに『イヤです』と言えますか」という答えが返ってきた。学歴や立場から来る「ノブレス・オブリージュ」（高貴なるものに伴う義務）が心の深いところに根付いているのかもしれない。ご本人は否定されるかもしれないけれど。

もうひとつ。アトキンソンさんが養老孟司先生と親交があって、「養老先生大好き！」と言われたことで、ああ、と大きく得心したことがあった。

養老先生には以前インタビューしたことがあって、この二人のお話の手触りはとても似ている。言葉にするととっても当たり前のことなのだけど、ふたりとも「めちゃめちゃ頭がいい」ということだ。こちらの頭の回転が追いつかないもどかしさのようなものがあって、少し経ってから「あ、そうか！」とわかる。わかった時の気持ちよさといったらない。

そして、この人にもっと話を聞きたくなるのだ。「こないだの話の続きをしませんか。今度はもう少しついて行けると思うんです」と。

写真　西岡　潔

取材・構成
小林明子
（谷尻誠さん、堀木エリ子さん、tofubeatsさん、髙橋拓児さん）
杉本恭子
（三島邦弘さん、横田響子さん、デービッド・アトキンソンさん）

編集　淺野卓夫

この本のきっかけ「うめきた未来会議ＭＩＱＳ」

お話を聞いた7人には以前に「うめきた未来会議ＭＩＱＳ」というイベントでお目にかかっている。大阪駅の北側、通称「うめきた」のグランフロント大阪北館にある「ナレッジシアター」という小ぶりな劇場で、ひとり15分の持ち時間でプレゼンテーションをするイベントだ。

7人以外にも画家、浪曲師、ロボットクリエーター、華道家、医師、農業起業家、ワイン生産者、ものづくり企業の社長などさまざまな方が登壇された。私は司会という立場だ。15分というのは誰かとしゃべっていればあっという間だが、ひとりで話をしろと言われたらけっこう長い。実に難しい時間尺だ。

ある人は軽々と、ある人は悪戦苦闘しながらその15分間に思いを込める。私はすごいなぁとただ舌を巻く。文章の書き方とかお金の儲け方とか、そんな即物的な話ではなくプレゼンターの「生き方」を、どの15分からも感じるからだ。

「生き方」は「行き方」であり、つまり未来だ。誰かのこれまでの軌跡にふれると、不思議と未来のことが見えてくる気分になる。

だからＭＩＱＳには「うめきた未来会議」というサブタイトルがついているのだろう。

うめきた未来会議MIQS プレゼン集2013〜15

2015年のうめきた未来会議MIQSの閉会挨拶をする西。プレゼンターと共にゲストの宇野常寛、春野恵子、ライブペインティングのchiaki koharaも勢揃い

プロデューサー／宗川圭太、井本里士、日笠賢治（以上、MBS）
編集／清水千晶、石原卓（以上、クエストルーム）　執筆／佐藤千晴

2013

クラウドファンディングがひらく新時代

辻野晃一郎氏

つじの・こういちろう
アレックス（株）
代表取締役社長兼CEO/
元グーグル日本法人代表取締役

ソニーでVAIOなどの開発に携わり、グーグル日本法人の代表取締役も務めた。常にイノベーションの第一線で活躍し、現在は越境ECやクラウドファンディングの会社を立ち上げてスタートアップの支援もする。デジタルの時代は「あらゆることの再定義が進む。国境も会社も関係なく、クラウドのリアルタイム性がキーワードである」と指摘。日本の家電復活については「新しいものづくりが求められている。たとえば、職人気質という日本の強みをITと融合、収益モデルとセットに考えていかなければ。それを解決するのがクラウドを用いた投資の仕組みです」

「クラウドファンディングは、チャレンジする人を育てます。彼らの挑戦を応援し育てる土壌を整備し、失敗しても〝負け〟にはならないマインドを醸成する必要がある」

未来の生活は植物からつくられる

矢野 浩之 氏

やの・ひろゆき
京都大学生存圏研究所 教授

矢野さんはパルプを原料として「透明で」「鋼鉄の1／5の軽さで5倍以上の強さ」「熱による変形はガラスの1／50程度」という機能をもった新しい素材「セルロースナノファイバー」の開発に取り組む。「まだ研究段階ですが、未来の暮らしを変えたい」

車に応用すれば軽くて衝撃に強い自動車が実現可能になる。ほかにも宇宙での太陽光発電にも応用できそうだと、具体的な活用例をあげた。

資源小国日本にとって「植物こそ重要な資源だと思います」と指摘。「植物が原料の『セルロースナノファイバー』で日本の新しいものづくりをサポートし、海外に発信していきたい」と展望を語る。

「だからこそ、これから5年、10年の間にどんな部分でもいい、自動車の素材として現実に採用されるよう、動いていきたいです」

海を耕せ、クロマグロ完全養殖への道

谷口 直樹 氏（右）
鳥居 加奈 氏（中）
横山 創一 氏

たにぐち・なおき
とりい・かな
よこやま・そういち
近畿大学水産学研究所

絶滅が危惧されるクロマグロの完全養殖に成功した近畿大学水産研究所から営業班長の谷口さん、水産養殖種苗センター技術主事補の鳥居さん、広報部の横山さんが登壇、3人で役割分担してプレゼンテーションを行った。

完全養殖とは、生物の誕生から次世代への継続までのサイクルをすべて人工飼育で可能とすること。クロマグロは成功まで32年を要した。

「二つの大きな壁がありました。共食いと生簀への衝突です」と鳥居さん。「亡くなられた原田輝雄所長の『魚を見て魚を学べ』の言葉が支えになりました。魚の声なき声を聞き、最終的には課題を一つずつ解決することが完全養殖の実現を可能にしたのです」

マグロの漁獲制限が日本の水産業の大きな課題だが谷口さんは「近大が完全養殖で対応します」と胸を張った。

大阪発〝世界管〟を変える！

堀口 展男 氏

ほりぐち・のぶお
(有)野田金型取締役社長

堀口さんは「いつもの格好」というベージュ色の作業着で登場。冒頭で野田金型という会社を「社長と愉快な仲間たち」と表現して笑わせた。

大阪府高石市にある同社は厚みが均一で内径がどこでも真円な「エルボ」（屈曲管）製造で世界屈指の技術を持つ。堀口さんはステージで野田金型のエルボと金属の球、そしてサランラップを使い、「ラップ1枚の空間すらない均一な厚み」を実証した。「厚みを一定にするのは本当に大変です。何度も諦めかけました」と振り返る。ヒントはゆで卵に。「娘の結婚式の料理で、そうか、楕円に削り出していけばいいんだと気づかされました。『コロンブスの卵』ならぬ『エルボのゆで卵』ですね」。イノベーションを支えるのは「最後まで気力を失わないこと」、これこそが大切だと強調した。

ニコニコ動画は、才能発掘メディア

郷 さやか 氏

ごう・さやか
(株) ドワンゴ ニコニコ
運営プランナー
＊所属はプレゼン当時

ニコニコ動画、愛称「ニコドー」は画面にコメントが書き込める動画共有サイト。「もともと別のサイトのサービス。『面白そうじゃん、自前でやってみよう』と自社サービスとして気軽に始めたら開発に18億円かかりました（笑）」。「『やってみよう』はニコドーの原点です。そしてユーザーのモチベーションとも似ている気がします」

郷さんがプレゼンで紹介したのは定規など身近な道具でバンド演奏する動画。「接点のない複数のユーザーがニコドー上でセッションしているんです。面白そうだからとりあえずやってみた結果、他のユーザーさんの共感と感動につながった」

「個人の情熱をイノベーションにつなげてもらえたらいいなと思います。ニコドーが提供しているのは、そのための仕組みです」

人を動かすプレゼンテーションで医療を変える

杉本 真樹 氏

すぎもと・まき
神戸大学医学研究科
特命講師／医学博士

杉本さんは医師という枠にとらわれず、医工連携やデジタルとアナログの融合など、様々な活動を手がけている。「プレゼンテーションで世界が変わる」というテーマで、多岐にわたる活動を紹介し、その精神を語った。

「常に『求められている価値、社会的価値は何か』を考えることが大切」が持論。「たとえば、医者は子どもが書いたような絵と難しい言葉で病状を説明することがよくありますが、これでは不安をあおるだけ。求められている価値は何かを考えれば、説明の仕方は変わるはずです」

杉本さんは3Dプリンターを使って質感も実物そっくりな臓器を開発した。「これを使って説明すれば患者様の共感が生まれます。安心感につながります。こうした活動を通して、命の尊さを伝えていきたいですね」

EVスポーツカーを生みだす「KYOTO生産方式」の魅力

小間 裕康 氏

こま・ひろやす
（株）グリーンロードモータース
〈現GLM（株）〉代表取締役

2010年に京都でベンチャー企業を興し、幻のスポーツカー「トミーカイラZZ」をEV（電気自動車）として復活させた。部品を車体（プラットフォーム）とエクステリアに分けて生産する『KYOTO生産方式』が特徴だ。ステージ上を歩きまわりながら小間さんは「『運と努力があれば成長は青天井』が座右の銘です。運とは行動です」と行動力の重要性を強調した。「私はすぐに行動に移し、諦めない。諦めたらそこで試合終了ですから。行動と努力は人を集め、その積み重ねがま結果へつながる。続ければ必ず成功します」

最後にとっておきの戦略「TTP」も披露した。「『徹底的にパクる』の頭文字です。スティーブ・ジョブズも『すぐれた芸術家は真似る、偉大な芸術家は盗む』という言葉を残しています」

フリーで配って食べるには

tofubeats氏
（P106）

トーフビーツ（本格的メジャーデビュー前）
ミュージシャン、
音楽プロデューサー、DJ

中学時代からネット上で楽曲を発表、世界的なレイヴ・イベント「WIRE」に史上最年少で出演した。

「ネット時代になって音楽ソフトの業績がどんどん悪化した」とグラフを示し、「今の音楽業界はイケてない」とばっさり。「アイドルの握手会や総選挙のためにCDを買うのは音楽の評価ではない」

しかしネット社会に救われたとも振り返った。「ぜんぜん友達もいない頃、好きな音楽を勝手にネットに上げてると、いろんな人が聴いてくれ、その輪がどんどん拡がった」

青果店を営んでいた祖母から、フリー（無料）でのプロモーションがどれほど大切かを教えられたというエピソードに会場は沸いた。「時代はトップダウンからボトムアップへ変わりはじめています。個人のクリエイティブの質が決定的に重要な時代です」

全長2m「カクメイ☆HUGちゃん」プロジェクト

チアキコハラ氏

ちあき·こはら
アーティスト

FM802（大阪）のアート発掘・育成プロジェクトである「digmeout」出身。「ユニクロ・クリエイティブアワード2007」草間彌生賞などで頭角を現した。

巨大なフィギュア「カクメイ☆HUGちゃん」を作り上げるプロジェクトの体験を熱く語った。「造形に200万円は必要だと分かり、困り果てていた時にクラウドファウンディングを見つけました。『支援してくれた人に絵をリターンしますよ』ってネットで呼びかけた結果、171万円も集まり、作品が出来ました」

みんなでつくったプロジェクトだと実感。完成した作品を見てくれた人が「自分も何かにチャレンジしてみようかな」と自分自身の可能性に向き合ってくれたコト自体が、私の革命だったんだって思いました」。この自信を胸に、次は世界を目指すと宣言した。

いきるデザイン

原田 祐馬 氏

はらだ・ゆうま
アートディレクター・デザイナー

大阪発のデザインプロジェクト「DESIGN EAST」のディレクターの一人。「デザイン」は平面だけにとどまらず、情報・空間・時間などを重層的に積み重ねていく。

2013年の瀬戸内国際芸術祭では「小豆島 醤の郷＋坂手港プロジェクト」の企画を担当。一過性の観光ではなく、地元の人たちと持続可能なかかわりをつくれないかと考え、「観光から関係へ」というテーマを掲げた。坂手港前の古い建物を改装、「ei」というカフェ＋コミュニティスペースをつくり、そこを拠点に若手クリエイターが集まり、島の人とのさまざまなアート活動で注目された。その後メンバーが自発的に島に移住、新しいプロジェクトを展開している。デザインが関係性をつくる力を示し、「これからは循環を起こすデザインが重要」と締めくくった。

パノラマは世界を驚かせられるか？

二宮 章 氏

にのみや・あきら
パノラマVRクリエイター

左右360度、上下180度、全方位を表示できるパノラマVR写真・映像の専業クリエイター。大阪生まれで京都に仕事場を構える。

「パノラマの仕事を、もっと多くの人に見てもらいたくてここに来ました」と、作品を次々に紹介した。

1995年にパノラマを始めた日本の第一人者。国際的なネットワークも豊かだ。「もっと社会的に活動できないか」と模索していた頃、東日本大震災が起きた。国際団体の要請で2011年3月に岩手県の被災地に入る。1年後にもクラウドファンディングで資金を集めて岩手を再訪、福島や宮城も加え約400カットを蓄積。その成果を「東日本大震災アーカイブ」や国立国会図書館に提供した。「パノラマは空間だけでなく時間もアーカイブできる。これが使命だと思っています」

本当はおいしいビワスズキ

堀田 裕介 氏

ほった・ゆうすけ
料理研究家

まずモザイクアートのような美しい料理写真を見せた。「風土」と「food（食物）」「landscape（風景）」をかけ合わせた「foodscape」活動の一例だ。「生産者の思い、食材の持つストーリーを伝え、食にまつわる社会課題や日本の食環境も見つめ直したいというメッセージです」と語る。

テーマの一つが「ビワスズキ」。外来魚のブラックバスだ。スポーツフィッシングや食用目的で琵琶湖などに持ち込まれて急増したが、大半は駆除される。「美味しいのに、捨てるなんてもったいない」

イメージ一新のため「ビワスズキ」と呼ぼうと提唱。試食会、レシピ提案、流通経路の確保などに取り組む。「各地に捨てられる食材、消えて行く食材の活用は地方を元気にする一つのヒント。『食直し』こそが日本の世直しです」

地域で育てる水辺のデザイン だんだんばたけの遊歩道

岩瀬 諒子 氏

いわせ・りょうこ
建築家

20代の若さで大阪府の「木津川遊歩空間アイディアデザインコンペ」（2013年）最優秀賞を獲得した。この設計に込めたメッセージを丁寧に紹介しながら、建築に対する考え方を語った。

江戸時代は船の荷を上げ下ろしする浜だった土地。再び水とまちが溶け合う空間を目指し〝だんだんばたけ〟を提案した。人が集い、くつろぐための数々の工夫が凝らされる。「〝段々畑〟という形だけでなく〝だんだん、畑になっていく〟プロセスという意味合いも含んだ名前です」

さらに「建築家の仕事は建てたら終わりではない。人々がその場所をどうやって使いこなし、好きになるかを考えていかなければ」と時間軸も意識。「形が美しいことも大切ですが、私の興味は驚き、喜びなどが豊かに展開するきっかけづくりにあります」

スタートアップのクリエイティビティー

野口寛士氏

のぐち・かんじ
起業家
(株)コーフェイム最高執行責任者

学生ながら「日本のスタートアップ」を目指してデジタル名刺交換サービス会社を起業した。

スタートアップとは、フェイスブック、ツイッターなどのように「新しいビジネスモデルを開発し、急激な成長を狙う会社や集合体」と紹介。「その存在意義は、イノベーションを通じて人々の生活と世の中を変えることです。僕らも社会を変えるためにコーフェイムを設立しました」と話し、「紙の名刺を破壊します」と宣言した。

大阪市の研修プログラムでシリコンバレーを訪問、イノベーションを目指して起業する人々、応援する人々に出会ったインパクトが創業につながった。「人々を感動させ、共鳴させるものをつくりたいという強烈な思いが芽生えた。やりたいのはイノベーション。起業はその手段です」

女子大生ファッションビジネスから見えてきたもの

増田幾子氏

ますだ・いくこ
ベンチャー企業家

グラフィックデザイナーから「トレンドを発信する側に回りたい」とファッションビジネスに飛び込んだ。資金も人脈もない中、目をつけたのが「口コミ力も発信力もある」女子大生。大学祭を回って「一緒にかっこいいことやろうよ」とメンバーを集め、ファッションユニット「マジョリティー&マイノリティー」を結成した。ダンスを交えたパフォーマンスが人気を集めてブランドは大躍進、百貨店出店も果たした。

女子大生は無償でブランドの広告塔を務める。憧れのブランドを着て注目されることや、ひとりではできない経験をする喜びが対価だと増田さんはいう。「人の喜びや感動に資本は集まる。感動を生み出せるビジネスを考え続けたい」といい、「これから世界に出たい。まず台湾市場の開拓から」と夢を描いた。

デザイン都市・神戸が挑む ソーシャルプロジェクト

和田 武大 氏

わだ・たけひろ
グラフィックデザイナー

和田さんは神戸在住のグラフィックデザイナー。「デザイン・クリエイティブセンター神戸（ＫＩＩＴＯ）」の活動に参加、デザインの力を社会に生かす「ソーシャルデザイン」に出会った。

神戸市はユネスコ創造都市ネットワークのデザイン都市に認定され、拠点施設であるＫＩＩＴＯでデザインを社会課題の解決に生かすプロジェクトなどを展開している。和田さんは、クリエイティブな職業体験を通した子どものまちづくり「ちびっこうべ」で、子どもたちにデザインとは何かを伝えることに取り組んだ。

神戸ミュージアムロード活性化プロジェクトなどにも関わり、子どもや社会に対するデザインの可能性を感じている。「ＭＩＱＳが掲げるように『クリエイティブが世界の未来を拓く』活動をこれからも続けていきたい」

庭造りはＪＡＺＺである

園三 ＥＮＺＯ 氏

えんぞう
造園家

岐阜から全国へ、庭造りに飛び回る。「庭造りは建築との出会いから始まる」と、多様な建築とのコラボレーションをジャズの即興演奏になぞらえた。

「暮らしの場ですからクライアントさんの様々なニーズがある。対話を重ねてプラスαの喜びがある提案をします。セッションです」

石や木など素材選びにこだわり、庭造りを助けてくれる仲間との呼吸を大事にする。「石の扱いが得意な仲間も、繊細に花や木を扱える仲間もいます。工夫と経験を重ね、僕の庭を感じ取ってくれます」

両手で持ち運べる「デスクトップガーデン」も考案、イタリアで展示した。

庭を語る表情は実に楽しそう。「庭って楽しい、庭を持ちたいと思ってもらえるような庭を造り続けたい」

日本料理を科学する

髙橋 拓児 氏

（P140）

たかはし・たくじ
京料理［木乃婦］三代目主人

日本料理に分子化学の理論や最新の技法を積極的に取り入れ、高く評価される存在だ。「料亭とは科学的な目線で見ると実験室。お客さんは被験者、料理人は研究者です」

　刺激的な表現で驚かせた後、「アスリートは科学的な目線で五感すべてを研ぎ澄ます。料理人も同じ」と展開した。

　般若心経の「眼耳鼻舌身意」を引き、「在る」を極めれば「無」が見えるという哲学と料理論を結びつけ、銅鍋や包丁を見せながら視覚、聴覚、嗅覚、味覚、触覚を科学的な見地から解説していく。「最後の『意』は美味しさを超えるもの、物と空間です」と照明や器での演出、つまり心のコントロールにもふれた。「在るものの中でないものを表現することが最終的に一番美味しい。料理人は最先端の科学的技術と最新型の思考を常に極めようとしています」

社会を編集する

佐渡島 庸平 氏

さどしま・ようへい
起業家／「コルク」代表

講談社で『宇宙兄弟』『ドラゴン桜』などの大ヒットマンガを手がけた後に独立、2012年に作家エージェント会社「コルク」を設立した。「日本の文学もアニメも海外でもてはやされるのは10年前のコンテンツ。いまの作品の質が劣っているわけではなく、サポート役がいないからです。人の心を動かしたクリエイターにしっかりとお金が入る世界をつくりたい」

　佐渡島さんの目は社会全体の動きに広がる。電子書籍やスマホアプリを例に「人々の時間の使い方、お金の使い方が大きく変わっている」と指摘した。「それを誰がうまく編集していくか？　僕は千の失敗をして一つの成功を勝ち取りたいから起業しました」「これからはすべての場所がメディアになる。何を目指してコンテンツをつくるのか、答えは無限です」

まだスマホの方へ、今ならロボット乗り換え割。2020年3月

高橋 智隆 氏

たかはし・ともたか
ロボットクリエイター

高橋さんは2003年、京都大学工学部の卒業と同時に「ロボ・ガレージ」を創業し、グランドキャニオン登頂で有名になった「EVOLTA」や、国際宇宙ステーションに行った「KIROBO」など数々のヒト型ロボットを開発してきた。ステージには家庭で組み立てられる小さな「ロビ」が登場、高橋さんの声を認識して話したり、踊ったり。

人間とロボットが共生する未来を「僕がロボットに話しかけると生活や好みのパターンを蓄積し、様々なサービスを返してくれる」と思い描く。そのために擬人化し、感情移入できるカタチを大切にする。

5年以内にロボットが商品化されると予言しつつ「ロボット研究者だけでは広がりがない。みなさんの専門分野とかけ合わせて10年以内に1人1台の未来を日本からつくりましょう」と呼びかけた。

上方が誇るエンターテイメント「浪曲」を世界へ！

春野 恵子 氏

はるの・けいこ
浪曲師

〜東京生まれ東京育ち／浪曲に出会い師匠に出会い／一直線の性格に／ぽっぽっ火がつき大阪へ

曲師の三味線にのせて浪曲の節で自己紹介、観客を一気にプレゼンに引き込んだ。

東大卒のタレントとしてテレビで活躍したが、2003年に上方の重鎮・二代目春野百合子に弟子入り、浪曲師に転身した。「時代劇とミュージカルに憧れて芸能を志したので、両方の要素を持つ浪曲にビビッと来ました」

「浪曲師になって初めて人生が始まった」というほど惚れ込み、英語浪曲やいまどきの話し言葉も織り交ぜた新作も創作する。2013年にはクラウドファンディングで資金を集めてニューヨーク公演を敢行し、大成功をおさめた。「浪曲を大阪から世界に発信し、次世代につなぎたい」と志は高い。

時代の先端を行く〝花〟

笹岡 隆甫 氏

ささおか・りゅうほ
華道「未生流笹岡」三代家元

「いけばなの未来のために、私がすべきことは二つ。一つは海外に向けて発信し、それを日本人にも再認識してもらうこと。東京五輪開会式で、日本の華道家たちがライブで競演し、一つの舞台を作り上げたい。もう一つはいけばなの義務教育化。いけばなは唯一、命に直にふれる伝統文化です。若いうちに生命の尊さを知ることがきっと日本の未来につながる」

プレゼンテーションは明快な提案で始まり、いけばなが宿す論理性や哲学、世界の花芸術との比較へと進んだ。

話題は日本の建築、そしてデザイン論に広がる。「左右非対称の不完全さゆえの懐の深さ」と「時間の経過と共により豊かな空間をつくりあげる柔軟な対応力」という特質をあげ、「これからの日本、そして世界にこの二つが必要ではないか」と提言した。

日本の文化が世界を救う

生駒 芳子 氏

いこま・よしこ
ファッションジャーナリスト
元『マリ・クレール』編集長

ファッションという最前線のトレンドを追い続けてきた生駒さんに「ジャパンシフト」が起きたのは2010年頃。日本の伝統工芸との出会いがきっかけだった。

伝統的な文化からファッション、アニメなど最先端のカルチャーまで日本のソフトコンテンツ全域を「文化」と呼び、海外での人気の高さを体験から紹介した。

生駒さんが選んだ「日本の10の宝」は、精神性・自然観、伝統、ファッション、建築・アート・デザイン、文学・映画・音楽、アニメ・マンガ、最先端テクノロジー、観光資源、和食、サービス・おもてなし。豊富な事例紹介とともに力強くプレゼンを行い、「文化には経済効果以上に我々の魂やDNAに響く大きな宝が眠っています。日本の宝を輝かせ、地球の未来を輝かせましょう」と呼びかけた。

22世紀を生きる

三島 邦弘 氏（P42）

みしま・くにひろ
編集者／
(株) ミシマ社代表取締役

2006年に単身でミシマ社を起こし、内田樹さん、平川克美さんら著者との強い信頼関係をベースに「新鮮で面白い本」を出版してきた。

「出版社の原点は『一冊入魂』であるべきです。本を作って読者に届けるという当たり前のことが崩れ出している」と口火を切った。出版不況の語られ方に違和感を持ち「出版不況の元凶は読者ではなく、作り手側の問題だと思う」と言い切る。「内向きの論理に左右されず、感覚を大切に、本質を突く動きが大事」

ミシマ社を創立した時、「原点回帰」を掲げた。編集者の仕事とは「豊かな言葉を過去から未来へつなぐ媒介者」だと位置づける。

「今、我々の発している言葉は、必ず22世紀に残る。もうその瞬間は始まっている。一冊から広がる世界は無限大です」と締めくくった。

女性社長が日本を救う！

横田 響子 氏（P176）

よこた・きょうこ
女性社長.net代表／
(株) コラボラボ代表取締役

女性社長のネットワークを広げるウェブサイト「女性社長．net」を運営する。企業理念に掲げる「ダイバーシティー」（多様性）に目覚めたのは4歳。オーストラリアから日本に帰国、「みんな同じ」が当たり前の幼稚園生活に驚いた。「もっと個性が発揮できる、やりたいことができる方が面白いはずなのになあと。それが私の原点」

プレゼンでは女性社長に注目する理由を3点挙げた。まず、女性社長は女性を雇用するというデータ。次に子育てのために会社ごと地方移転、ウェブ飲み会での交流など、新しい働き方をつくるパワー。そして「ぬいぐるみ観光」「ペット信託」など個性的なアイデアを事業化する「スパイシー」さ。「ダイバーシティーという理念を通じて社会に化学反応を興していきたい」と未来を見据える。

僕はあざとく生きてきた

谷尻 誠 氏（P6）

たにじり・まこと
建築家／
（株）SUPPOSE DESIGN OFFICE
代表取締役

住宅、商業空間、プロダクトデザインなど広島と東京を拠点に多角的に活動する。

少年時代のバスケットボールが柔軟な発想の原点。背が低いという不利をカバーするために、ゴールから遠ざかるというさらに不利な道を選択、シュートの技術を磨いた。「これで圧倒的優位性を手に入れた。頭を使うとはどういうことかを学びました」

さらに、「誰も意識しないことを意識することから新しいものが生まれる」「違和感も大事」。様々な実例を画像で見せながら、ひょうひょうと谷尻式発想法を披露した。

最後は安芸の宮島に「透明な展望台」を提案してコンペに負けた話。「とことん考え、絶対にいいと思って出した。負けても『あれはよかった』と仕事が来る。自分を信じ、考え続けて結果を出す。僕はずっとそうやってきた」

農を食と職に！

小島 希世子 氏

おじま・きよこ
農業起業家

「未来世代のための農業の再生」を目指し、職を求めるホームレスと、働き手を求める農業を結ぶ事業を起こした。

熊本の農村地帯で教師の家庭に育ち、農を志した。大学卒業後、農業関連会社での仕事を経て起業。オンラインショップや、無農薬農園の運営を手がける。

農業の人手不足に直面した。ホームレスの人々が「意欲があっても働く場がない」と嘆く姿が重なり、両者のマッチングを始めた。周囲からは「不可能」と反対されたが「できるかできないかじゃなく、やるかやらないか。やると決めたらやれます」

「路上には働く意欲が高い人がいます。種から野菜を育て上げる成功体験は自信回復につながります。大工仕事などスキルのある人も隠れています」。農で再生した人々の力で農を再生させたいと結んだ。

昨日まで世界になかった境界線

市氏

いち
アーティスト／
（株）アニマリアル代表取締役

「アニマリアル」とはマンガやアニメと「リアル」を組み合わせ創造する新しい表現だ。写真や3次元CG、特殊メークなど多彩な手法を駆使する。マンガ「北斗の拳」のキャラクターを作者の原哲夫さんと一緒にアニマリアル化していくプロセスを紹介しながら、その可能性を示した。

「日本最強のガラパゴス文化であるアニメやマンガを未来に生かそう」というのが市さんの提言。「ガラパゴス化とは、世界標準から離れて独自に進化した、優れすぎたモノ。それが日本の未来にとって大事なオリジナリティーです」

究極の目標として町づくりを掲げた。海外のアーティストが描いた日本のイラストを紹介。「こんな『アニメな町』が実現したらワクワクしませんか？　時間とともに空気を、匂いを宿し、世界に誇れる文化になるでしょう」

革新から始まる伝統

堀木エリ子氏 （P72）

ほりき・えりこ
和紙作家／（株）堀木エリ子＆アソシエイツ代表取締役

「建築空間に生きる和紙造形の創造」をテーマに現代的な手すき和紙を開発し、成田国際空港のアートワーク、チェロ奏者ヨーヨー・マの舞台美術などを手がけてきた。

和紙会社の事務員だったが、会社は機械すきとの価格競争に勝てず閉鎖した。「誰かがこの伝統を守らないといけない」と24歳で起業。

原点に戻って手すき和紙の強みを考え抜き、時間とともに風合いを増し、耐久性に富む特性を建築やインテリアに生かす道を切り拓く。「伝統とは革新が育った姿。和紙も革新から始まった」。いま、越前の地で伝統を未来に送る仕事を、京都の工房では、革新的な技術を伝統に育てる仕事を展開する。「不可能かと思ったことを可能にするコツは『できない』を捨てること。できる前提で考え、実際に行動し、未来を拓きましょう」

イギリス人アナリスト 日本の国宝を守る

デービッド・アトキンソン氏

（P208）

David Atkinson
（株）小西美術工芸社
代表取締役社長

オックスフォード大で日本学を専攻、世界規模の証券会社で重役まで務めた後、創業380年余の文化財修復会社の社長を引き受ける。経営を再建した後、業界全体の問題として観光に着目する。「日本は気候、自然、食、文化と観光に必要な4要素がそろっているのに生かしていない」と、数字を駆使して示した。

訪日時に文化体験をする観光客は23%。京都は260万人が訪れるが、大英博物館の450万人に遠く及ばない。「日本にはこんなに文化施設があるのに消費されていない。観光資源としてデザインされていないからです」と指摘。

日本の文化予算の貧弱さも一因としてあげ、「観光客向けの解説やイベントを絡め文化財をもっと利活用するべきです。観光業に徹底的に力を入れて日本経済の発展を」と呼びかけた。

関西が世界一になる可能性

殿村美樹氏

とのむら・みき
PRプロデューサー／
（株）TMオフィス代表取締役

地域や伝統文化を活性化するPR（パブリック・リレーションズ）の専門家。「ひこにゃん」「今年の漢字」「うどん県」など2500件以上のプロジェクトを手がけた。

「私の地方PRは引き算の手法。多くの資産から目的に応じてどんどん引き、残ったオンリーワンに光を当てます」

ゆるキャラ「ひこにゃん」は滋賀県彦根城への集客策だった。「女性客が観光誘致の基本。女性は必ず誰かと来て、口コミでも広げてくれる。女性を城まで呼び込むには『ひこにゃん』しかなかった」

殿村さんが提案した「関西を世界一に！」作戦は「スイーツ王国関西」だ。「大阪で引き算をすれば残るのはおばちゃん。『飴ちゃんあげる文化』は世界のどこにもない。京都の和菓子、神戸の洋菓子、和歌山のフルーツ……スイーツは関西の観光資源です」

新しいワイナリーのかたち

藤丸 智史 氏

ふじまる・ともふみ
ワイン生産者／
（株）パピーユ代表取締役

海外修業を経て大阪でワインの仕事を始め、2013年、街中に都市型ワイナリー「島之内フジマル醸造所」を開く。

プレゼンは大阪府柏原市のブトウ畑の写真から。今や大半が耕作放棄地だが「僕には宝の山に見えた。農業は種を植えて新しいものを生み出す。ブドウを育て、ワインにすればさらに価値が高まる」

10アールの再開墾から始め、5年後に畑の面積は20倍に。自前のワイナリーで醸造を始めた。レストラン併設だから保存用添加物や瓶詰のコストが不要。ゴミも出ない。

「農業を救うキーワードは限られた土地と資源をいかに高く売るか。農業が働きたい業種になれば人も集まります」

ワインの「楽しさ」も強調した。「美味しくてもまずくても会話が生まれる。ワインの消費量が2倍になれば会話も2倍に増えます」

MIQS 01～03プレゼン全記録（出演順）

MIQS 01　2013.7.27 Sat.15:00

テーマ：イノベーション　司会：高井美樹、大八木友之（以上、MBSアナウンサー）

- □ 辻野晃一郎「クラウドファンディングがひらく新時代」
  アレックス（株）代表取締役社長兼CEO／元グーグル日本法人代表取締役
- □ 矢野浩之「未来の生活は植物からつくられる」
  京都大学生存圏研究所 教授／生存圏学際萌芽研究センター センター長
- □ 近畿大学水産研究所「海を耕せ、クロマグロ完全養殖への道」
  谷口直樹（営業班長）、鳥居加奈（水産養殖種苗センター）、横山創一（広報部）
- □ 堀口展男「大阪発“世界管”を変える！」野田金型（有）取締役社長
- □ 郷 さやか「ニコニコ動画は、才能発掘メディア」（株）ドワンゴ ニコニコ運営プランナー／当時
- □ 杉本真樹「人を動かすプレゼンテーションで医療を変える」神戸大学 医学研究科 特命講師（医学博士）
- □ 兵庫県立加古川東高等学校「若き地質学者たちの挑戦！ 廃棄物の研究からベンチャー企業へ」
- □ 京都府立桃山高等学校「未来へのチケット『グリセリン』～3013年に会いましょう」
- □ 小間裕康「EVスポーツカーを生みだす『KYOTO生産方式』の魅力」
  グリーンロードモータース（株）代表取締役

MIQS 02

テーマ：クリエイティブ　司会：西靖（MBSアナウンサー）

2014.3.21（祝）17:30「新世代のクリエイティブ 10人」

- □ 二宮 章「パノラマは世界を驚かせられるか？」パノラマVRクリエイター
- □ 園三 ENZO「庭造りはJAZZである」造園家／GARDEN WORKS園三 代表

☐ 岩瀬 諒子「地域で育てる水辺のデザイン だんだんばたけの遊歩道」建築家
☐ 和田 武大「デザイン都市·神戸が挑む ソーシャルプロジェクト」グラフィックデザイナー
☐ 堀田裕介「本当はおいしいビワスズキ」料理研究家
☐ chiaki kohara「全長2m『カクメイ☆HUGちゃん』プロジェクト」アーティスト
☐ 野口寛士「スタートアップのクリエイティビティー」起業家／(株)コーフェイム最高執行責任者
☐ 増田幾子「女子大生ファッションビジネスから見えてきたもの」
ベンチャー企業家／(株) MAJORITY&MINORITY代表
☐ 原田 祐馬「いきるデザイン」アートディレクター、デザイナー
☐ tofubeats「フリーで配って食べるには」ミュージシャン、音楽プロデューサー、DJ

2014.3.22(土) 15:00「ニッポンのクリエイティブ」

☐ 生駒芳子「日本の文化が世界を救う」ファッションジャーナリスト／元『マリ·クレール』編集長
☐ 佐渡島庸平「社会を編集する」起業家／「コルク」代表
☐ 春野恵子「上方が誇るエンターテイメント『浪曲』を世界へ!」浪曲師
☐ 笹岡隆甫「時代の先端を行く"花"」華道「未生流笹岡」三代家元
☐ 髙橋拓児「日本料理を科学する」京料理[木乃婦] 三代目主人
☐ 高橋智隆「まだスマホの方へ、今ならロボット乗り換え割。2020年3月」ロボットクリエイター
☐ 京都市立洛陽工業高校「0(ゼロ)からのロケット〜ぶっ飛ばしたその先は…〜」
市川開史、樋口亜澄、鈴木豪
☐ 近畿大学「学生デザイン〜東大阪の中小企業×近大生〜」藤本優希(文芸学部芸術学科)

MIQS 03 2015.3.14(土)

テーマ:再生 司会:西靖(MBSアナウンサー)

☐ chiaki kohara「ライブペインティング」アーティスト
☐ 市「昨日までセカイになかった境界線」アーティスト
☐ 横田 響子「女性社長が日本を救う!」女性社長.net代表／(株)コラボラボ代表取締役
☐ デービッド·アトキンソン「イギリス人アナリスト 日本の国宝を守る」
(株)小西美術工藝社代表取締役社長
☐ 小島希世子「農を食と職に!」農業起業家
☐ 藤丸智史「新しいワイナリーのかたち」ワイン生産者／(株)パピーユ代表取締役
☐ 堀木エリ子「革新から始まる伝統」和紙作家／(株) 堀木エリ子&アソシエイツ代表取締役
☐ 殿村美樹「関西が世界一になる可能性」PRプロデューサー／(株) TMオフィス代表取締役
☐ 谷尻 誠「僕はあざとく生きてきた」建築家／SUPPOSE DESIGN OFFICE代表
☐ 三島 邦弘「22世紀を生きる」編集者／ミシマ社代表
☐ 宇野常寛「MIQS 03総評」評論家／批評家／『PLANETS』主宰

会場／ナレッジシアター(大阪市北区大深町3-1 グランフロント大阪北館4F)

MIQS 04 2016.3.27(日)

テーマ:再起動 司会:西靖(MBSアナウンサー)

☐ 高城 剛(クリエイター、著述家、DJ)
☐ 湊かなえ(作家)
☐ 白河桃子(ジャーナリスト)
☐ 光嶋裕介(建築家)
☐ COSMIC LAB(映像アーティスト)
☐ 須田健太郎(起業家)

会場／うめきた広場 テントステージ(大阪市北区大深町4-1 グランフロント大阪)
※この詳細はMIQSのホームページ、MIQS PRESS号外などでレポートします。

主催／(株) 毎日放送、(一社) グランフロント大阪 TMO、(一社) ナレッジキャピタル
https://miqs.net/

未来を変えるイノベーターを紹介する「うめきた未来会議MIQS」。

2013年春、大阪が大きく動いた

大阪市のまちづくり基本計画に沿って、大阪の新しい玄関口にふさわしいまちが出現した。「世界に誇るゲートウェイ」、「水と緑あふれる環境」「賑わいとふれあいの街」「公民連携」「知的創造拠点」などの壮大なテーマに基づきグランフロントは大阪は完成した。

開発ビジョン「多様な人々の交流や感動との出会いが新しいアイデアを育むまち」からMIQSは誕生した

新しい「まち」であるグランフロント大阪は関西最大級の複合機能都市。知的創造拠点のナレッジキャピタルを核にして国際水準の業務・商業・宿泊・居住を導入

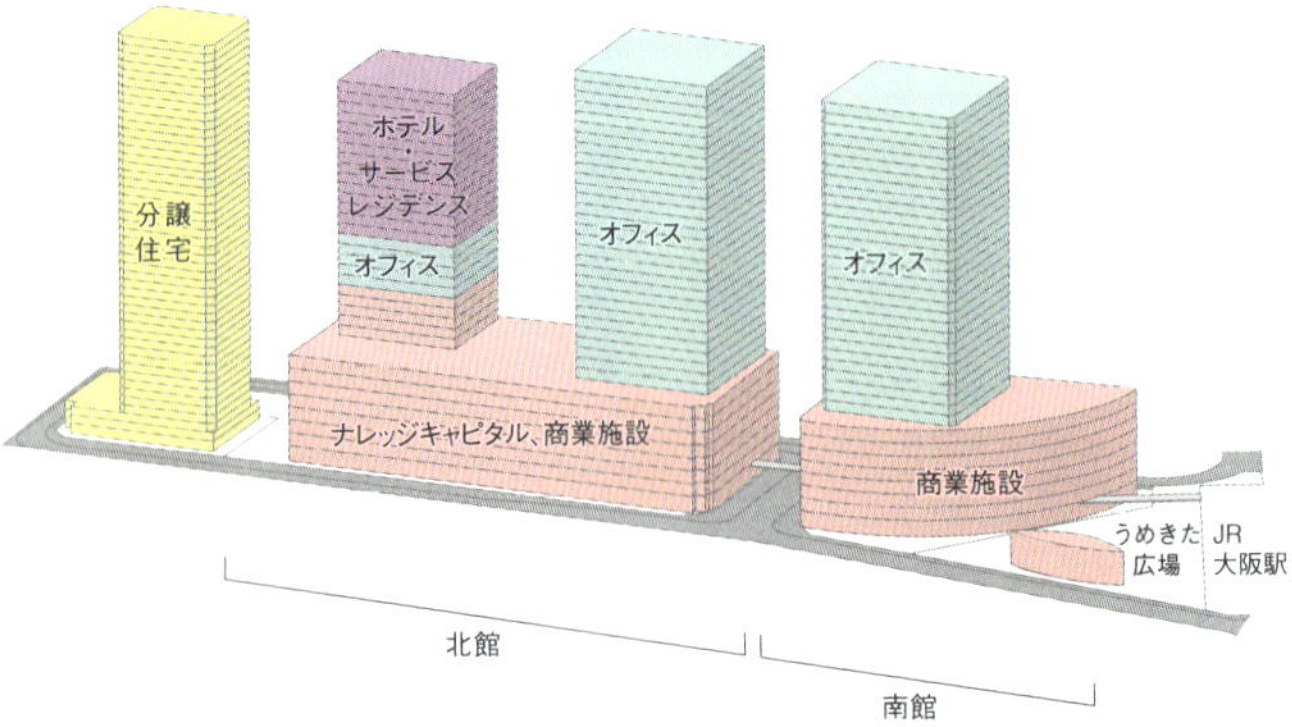

敷地 約7万㎡、総延べ床 約56万㎡、オフィス 約15万㎡、商業 約260店舗 約4.4万㎡、ナレッジキャピタル 約8.8万㎡、ホテル272室、住居525室、うめきた広場 約1万㎡、ナレッジプラザ1,000㎡7層吹き抜けのアトリウム、緑地7,800㎡、水景5,000㎡。開業1年11カ月で来場者1億人突破。日本最大級の複合開発拠点。

することにより多様な人々が集い、出会い、交流する新たな「まち」の創出を目指した。この多様な機能や空間を活用してまちの魅力向上、公民連携、地域連携を目指すエリアマネジメント組織「グランフロント大阪ＴＭＯ」が設立された。

さまざまな人々の「知」「感性」「技術」を融合させたナレッジキャピタル

「産業創出」「文化発信」「国際交流」「人材育成」というミッションを掲げたナレッジキャピタルには、多くのビジネスマン、技術者、クリエーターらが日常的に集う施設となっている。様々な企業や研究現場から化学反応を起こしたイノベーションがショールームやセミナーといった催事を日常的に生み出し続けている。

本書では「うめきた未来会議ＭＩＱＳ」に登壇したスピーカー達の現在、過去、そして未来をＭＢＳアナウンサー西靖が再取材し原稿化しました。グランフロント大阪での「うめきた未来会議ＭＩＱＳ」の活動（２０１３〜２０１５）の集大成をお楽しみください。

●グランフロント大阪 事業者12社
NTT都市開発株式会社
株式会社大林組
オリックス不動産株式会社（代表幹事）
関電不動産株式会社
新日鉄興和不動産株式会社
積水ハウス株式会社
株式会社竹中工務店
東京建物株式会社
日本土地建物株式会社
阪急電鉄株式会社
三井住友信託銀行株式会社
三菱地所株式会社（代表幹事）

あとがき

「人と違うことをして目立つのは誰でもできる。人と同じことをして秀でなさい」

私が子どものころ、父親に言われた言葉です。人と違うことをして目立つのだってけっこう大変なことなのに、なんとまぁ厳しいことを、といまでも思わないでもありません。でも、目の前のことに集中し、愚直と言われてもやり続け、結果として仮に秀でることがなくても、きっと世の中の役には立つ。そう言ってくれているような気もします。

この対談集でお話を聞いた7人は、いずれも目の前のことを、目をそらさずにやってきた人のように思います。意外なほどにいまの仕事についてみなさんが「なりゆきで」ということをおっしゃっていますが、それは、自分に起こった変化、もたらされた出会いを、ちゃんと受け止めて、自分がやるべきことを見つけているということだと思います。

父親のおかげというべきか、父親のせいでというべきか「奇手奇策より正攻法」と思い込んでしまった私は、向いてないなぁと思いながら、22年間、アナウンサーをやってきました。目新しさ、卓抜なアイデアが評価される放送業界には向いていない人間かもしれません。

でも、おかげで、こんなに素敵な人たちの話を、直接聞くことができました。
そして、彼らもまっすぐ目の前のことに向き合っているように見えて、どこかほっとしたりもしました。たとえ向いてなくても、やっていればいいことはたくさんあります。

最後に、対談に応じてくださった7人のプロフェッショナルにお礼申し上げます。また、書籍化するにあたって並々ならぬ労力を注いでくださったライターの小林明子さん、杉本恭子さん、カメラマンの西岡潔さん、編集の浅野卓夫さん、デザインの田中直美さん、140Bの中島淳さん、青木雅幸さん、クエストルームの石原卓さんと毎日放送のスタッフに感謝。
またこの本の企画のベースとなっているイベント、MIQSの立役者であるグランフロント大阪TMOの廣野研一さん、ナレッジキャピタルの野村卓也さん、福島靖之さんにも心から感謝します。

もちろん、本書を手にとって、最後まで読んでいただいた皆さんに、いちばんのありがとうを申し上げて、あとがきとさせていただきます。

西靖（にし・やすし）

１９７１年岡山県生まれ。94年、大阪大学法学部卒業後にアナウンサーとして毎日放送入社。２０１１年に夕方の人気番組「ちちんぷいぷい」総合司会に。２０１４年からは夕方〜夜の報道番組「ＶＯＩＣＥ」のメインキャスターに就任し、「ちちんぷいぷい」出演も兼ねる。著書に『西靖の60日間世界一周旅の軌跡』（ぴあ）、『辺境ラジオ』（内田樹・名越康文との共著／１４０Ｂ）、『地球を一周！ せかいのこども』（朝日新聞出版）。趣味は釣り、スノーボード。知性と歯切れのよさ、上機嫌さを兼ね備えたアナウンサーとして、年齢・性別を問わず人気がある。

聞き手・西靖、道なき道をおもしろく。

２０１６年４月15日　初版第一刷発行

著者　西靖／毎日放送

協力　一般社団法人グランフロント大阪ＴＭＯ
一般社団法人ナレッジキャピタル

発行人　中島淳

発行　株式会社１４０Ｂ
〒５３０-０００４ 大阪市北区堂島浜２-１-29
古河大阪ビル本館４Ｆ　電話０６-４７９９-１３４０
振替　００９９０-５-２９９２６７
http://www.140b.jp/

印刷・製本　株式会社シナノパブリッシングプレス

ISBN 978-4-903993-24-9